JN323841

私だったらこう考える

銀 色 夏 生

幻冬舎文庫

私だったらこう考える

まえがき

人は大人になるにつれて、生きる上での価値をお金や権力や美や若さから、精神的なものへとスライドさせることができなければ、生きることがとてもつらいものになるのではないかと思う。

世の中は「自分がそれをどうとらえているか」でしかない。現状や周りの人々を悪くとらえて文句や批判ばかりしている人がいるが、そういう人は言っていればいい。そういう人の気持ちを変えさせることには興味がない。

私たちはもうヒマじゃない。

すべての人が急流を共に流されているようなこの現実社会で、手が届く範囲に流れてきたものをつかむかつかまないか、それぞれが一瞬で判断しなければならない。

最近いろいろと質問をもらったので、それについて思うことをこれから書きます。思いつくままに、思った言葉で。

「原発、今後はどうしたらいいのでしょうか」

「日本から原発がなくなると思いますか」


原始時代を考えてみよう、という言葉が今、浮かんだ。

昔、人が石などを使って獲物をしとめていた頃、寒さは洞窟や動物の毛皮とかでしのいだのだろうか。火をおこして、それで煮炊きして、川で泳いで……。その頃のエネルギー源といえば、太陽の熱や焚火《たきび》の火ぐらいか。それから人類は進化して、寒さや暑さから身を守る家や暖房・冷房器具、食料を保存する冷蔵庫、煮炊きする電気やガスコンロ、移動する自動車・飛行機・船、さまざまなものを作りだし、より快適で便利な暮らしになった。毎日が死と隣り合わせだった日々から比べると、すばらしく安全で生きやすい暮らし。そしてそれらにはすべてエネルギーが必要だ。石油や天然ガスや風力や火力、水力、原発によるエネルギー。天然資源のない国では、危険だけど原発はありがたいエネルギー源になる。で、今回の津波による事故でわかった危険性。

そこで、どうするという問題をつきつけられた私たち。便利さか危険性か。計画停電によってリアルな現実をつきつけられた人もいる。どうする？　ひとりひとりがどうするかを決めても、ひとりひとりの決定が採用されるわけでもない。決めるのは代表者だ。学校で言ったら委員会。会社だったら重役会議。国なので国会。そこでも意見は分かれ、多数決で多い方になる。原発がなくなるかどうかはわからないけど、なくなるとしても、それには時間がかかるだろう。何にしても、現状を変えることはすべて時間がかかる。それは「既得権益との戦い」になるから。すでにそれがあるということは、それによって生きている人がいるということで、それの人道的是非以前に、その人たちの暮らしがある。「善悪」の前に「生活」があり、人の生活との戦いになる。そこには善悪以前の「個人の生きる事情」がからむ。そうなるとむずかしいことがたくさん出て来る。すべての人の意をくむことはできないし、すべての人が満足する結論はない。

原発反対の人の数が増えて原発反対の政治家を選び、その人たちの数が多くなって原発を失くすことが決定したら原発はなくなるだろう。時間はかかるけど可能だ。それには時間がかかるからと言って、今、何もできないかというと、そうでもない。物事は何層にもなっている。身の回りのことからグローバルなことまで。長いスパンのことから、今すぐできることまで。政治家を変えるということを長い努力でやり続けると同時に、目の前、個人で今すぐにできることには、人々と話し合うこと、日常の購買品に対する意識の表明など、いろいろなことがある。あ、先日、原発反対のデモに参加した友人が言っていたけど、「原発反対」と言いながら拳をあげて歩きながら思ったって。これやって効果があるのかなと。道行く人々は無関心、政治家が見ているわけでもない。そういうことをやったという自己満足だけなら虚しい。効果はないこともないだろうけど、確かに手ごたえは感じにくいのだろう。

何にしても、現状を変えることはすべて時間がかかる。けれど原発反対者にとって、今なら効果的だ。多くの人が原発は嫌だという気持ちになってるから。日々、危険にさらされて、身をもって感じている人が多いから。

ここで、では「銀色さんはどう思いますか？」と聞かれたら、私はまず自分の考え方から説明しなくてはならない。そこが基礎になっているので。

私は世間で言う「スピリチュアルなことを信じている」種類の人だ。私のそれを簡単にいうと基本は3点。

1．人は肉体が死んでも魂は死なない。

2. 自分がしたことは自分に返って来る。
3. すべてがひとつ。

　この3点を踏まえて言うと、肉体が死んでも私自身は死なないので、死は怖くない。この世は修行のようなもので、魂を高めるために生まれてきている。自分のしたことは自分に返って来るというのは、この生きている間だけではなく死んだあとも含めてのこと。そして自分というのは個人として他と別々ではなくて、究極的には生きている生き物も生きていないものも含め、すべてでひとつだと思っている。なので、この地球で人類が発展し、開発してきたものによって人類が滅んだとしても、それはそういう成り行きだったんだなと思うだけで、怖くも残念でもない。雨が、ある場所に落ちてある方向に流れていった、という気がするだけだ。他の場所に落ちたら他の場所に他の軌跡を作り流れて行くのだと思う。原発を発明し、それによって人類が滅んだとしたら、このケースはそういう道を歩んだんだなと思う。

　あ、でも、投げやりなわけではないですよ。現実に今は人間としてこの日本に生を受けて生きているわけだし、それは自分で選んで来ていると思うし、子供もいて、人として生きる喜びも感じている。だから、自分にできることはしたいと思う。それによってできることがあると信じているから。

私はエネルギーはできれば自然なものがいい。その方が危険性が少ないし、長く続きそうだから。自分でできることはできるだけやって、それでも望みが叶《かな》わなかったらその状態を受け入れる。そのことで起こる可能性のあることを覚悟して。

それにしても、何度も言ってるけど、人間の人口の増加ぶりを見てると、どう考えてももうこのままで人類が長く生きるのは難しいと思う。止まらない資源開発や自然破壊とそれによる自然災害。気づいた時は遅いのだろうか。大きな船ほど方向転換に時間がかかる。同じ原因で人がいなくなったというイースター島のようになるのかな。知性だけが頼りだけど、それでどうなるのか、変わるのか、とても興味がある。知性でこの便利な生活様式を変えられるのかな。知性をあてにするの、なんか無理そう。そういう人はいても絶対数が少ないような気がする。

でも地球が今までにないような世界になっているということは、悲観的なことばかりではなく、いい意味でも今までにないことが起こる可能性もあるということだ。生きて、見ていたい。

「東電の嘘つきぶりに頭にきます」

あ、私、今、テレビを見ていないのでそのことほとんど知らないんだけど。あとでだんだんちょっとだけ聞くだけで。でも、嘘つくのあたりまえかも。嘘というか、本当のことを言っていいのか悪いのか、その時に判断ができないのだと思う。悪いことほど隠したいのは心情で、それはああいう大きな組織ほどありがちで。事実をすべて即時発表する判断は、個人単位でも難しい。もともと組織というのはそういうものだと私は思ってる。信用しないというよりも、そういうしくみだからそうだろうと思って受け止めるというか。

「復興支援になにをしたらいいでしょうか」

これはもう、今自分がしている仕事を一生懸命やる、ということだと思います。それはまわりまわって日本や地球を助ける。まわりまわって日本や地球を助けないような仕事をしている人は、それやめろと言いたい。あと、直接的に復興支援したい人は、仕事の合間の時間を使って、できることを調べてやればいいと思う。

「首都圏直下型地震がきたら、サバイバルするイメージが湧きません」

実は私もサバイバルに関して考えました。スイス政府が編集している『民間防衛』という本がいいと聞いたので買って読んだり。それには臨場感あふれる真摯なサバイバル情報が書いてあった。スイス政府は、とにかく国民自ら最大限の自衛をするべきで各家庭にシェルターを持った方がいいといっていて、何か起こった時のために必要なもの（水やその他いろいろ）をこと細かに列挙していた。読むだけでひしひしと危機感を感じるような本だった。あまりにも感じたので、かえってやる気をなくし（ここまでしないといけないなら私はもう生きのびなくてもいいとすら思ったので）、その本、誰かの役に立てたらいいと思い、すぐに古本屋に売りました。

もし、水や食料などを数週間分ストックしたとしても、本当に大きな災害が起こったらそれでは足りないだろうし、それで生きのびられるような規模の災害が来たとしても、私はもうそれがなくて死んでもいいと思った。後悔しない。子供はどうすると言われるかもしれないが、これもスピリチュアルな考え方なのだけど、子供は親を選んで望んで生まれてくる（人は自分の人生に起こることを自分で決めて生まれてくる）と思っているので、私は私の考えで生きていけばいいと思っている。

なので、私は自分のその時にできる範囲でサバイバルするとは思うけど、できないと判断したら、それはそれであきらめます。その時に悔いのないように、今を生きます。

（追記。サバイバル時のその人の対応って、今の生き方がスライドされると思う。今、慎重に用心深く生きている人はすでに備蓄したりなど対策を取っているだろうし、正義感が強い人は人助けに奮闘するだろうし、リーダーシップをとれる人はその力を発揮するだろうし、粘り強い人は粘り強く、暴力的な人は暴力的に解決しようとするだろう）

「景気の悪さを感じますか」

感じます。この続けざまの世界の金融問題、天災、その他諸問題などによる影響で休む暇なくダメージが起きているので。そして現実にまわりの会社のリストラやコストダウン、就職難、街の商店やレストランの人の少なさ、本の購買数の変化などから……。しょうがないと思う。私も無駄をなくし、できるだけ物に依存しない暮らしを心がけています。とはいえ、ため込むのは嫌なのでお金は消えるものに使って循環させています。

「なでしこジャパンにひとこと」

おお。テレビや新聞、雑誌を見てないので、名前しかわからない。すみません！
知人が、元気をもらったと言ってました。

「ほしのあきさんと三浦皇成《こうせい》くんにひとこと。年下の男の子はどうですか。年下と恋愛できますか」

三浦皇成くんといえば、まだテレビを見ていた頃テレビで見て、小さな頃から馬が好きだったというエピソードを聞き、感心した記憶がある。その子がほしのあきとつきあっているというニュースを見て、「ああ、おっぱい……」と思ったことだった。あのおっぱいに吸いよせられたに違いないと。まあ、恋愛や結婚は当事者にしかわからない事情があるので第三者にはわからないというのが本音。

年下の男の子との恋愛……。私は年下の人とつきあったことがない。なぜか年下は私には恋愛の対象にならない。人間としてこういうところは認めるということはあっても。

いや、本気の恋愛の対象になる年下の人と今まで出会わなかった、ということか。(と、ここまで書いて、後日、思ったことがあるので追加。よくよく考えると、恋愛の対象になる年下の人と出会わなかったというよりも、恋愛の対象となる同じ年にも年上にも出会わなかったのではないか。私は昔から100%入りこむことがなかった。「今この瞬間、僕は世界一幸せだ」というような表現をよく見るけど、そういうふうに感じたことは一度もない。幸せだけど世界一じゃないだろう。もっともっと上はあるだろうと思うし、まあそれは冗談だとしても、芯から不幸だと思ったことがないように、芯から幸せだと思ったことはない。いつも3割ぐらいは他人事だ。人を好きになっても100%の心で思っていない。さめた部分がある。なので、恋愛の対象となる人と出会わなかった。というか、そもそも恋愛ってなに？　愛するってなんだろうと思う。私が思う愛は、ちょっとやそっとの愛ではない。そう思うと、なんかなあ……。愛って言ってもなあ。愛について話してもなあ。ましてや恋愛や結婚となると。自分さえ人は人それぞれなのに、もっと漠然としちゃうわ）

「若い男の子、叱るとすぐ泣くんです」

ぷふ。かわいい、というのが最初の感想。でもこれは実際問題、相当子供っぽいんだろうなあ。幼い人。仕事で叱られても泣かないでほしいですね。でも上司としてはダメなところを指摘したり注意しないわけにはいかない。叱って叱って、様子を見るしかないのでは。それでその子が育てばいいけど、逃げ出したり、変化がないようなら、ビジネスマンとして失格でしょう。

私も最近、仕事である男の子をメールで注意したことがあったけど、その子からはそれっきり返事がこなかった。なのでこれはダメだと思い、一緒に仕事するのをやめた。対応によってその先が決まる。私に返事をしないことでその子は自ら降りた。世の中はどんどん流れていく。その子がその後の人生をどう流れて行くのかにはもう興味がない。とにかく私は、彼は仕事はできないと判断したのだ。注意されても食いついてくれれば希望はある。切磋《せっさ》琢磨《たくま》して人は成長する。自分で降りたら、その道はそこまでだ。他の道で自由にどうぞ。私は私で、即反省会。傾向と対策。

「電車内で化粧をする女性に我慢ができません。なぜそれがおかしいのか、的確に指摘する言葉はなんでしょうか」

かつては世間というものが存在した。家から一歩外に出ると、身なりやふるまいに気をつけた。そこは秩序を保つべき公共の場所だったから。電車の中で物を食べたりする人はいなかった。他の人がしないことをする人はおかしい人だと呼ばれた。

今は（特に都会は）、個人が生きている範囲が個人によって違う。それはたぶん、ネットや携帯電話によって自分と世界との関係が変わってきたからだと思う。目で見える世間よりも、情報の世界の方が自分にとって重要になった。目の前の他人より、ネットの中の他人の方がまだ繋《つな》がっているだけ近い。自分と他人の境界線が目で見える境界線でなく、バーチャルになるにつれて、現実に対する認識が変化した。電車の中の人々はもはや気にするべき世間でもなんでもない。ただの背景だ。大事なのは自分と直接繋がりのある人たちだけ。

だからそこで化粧をしようがアイスを食べようが関係ない。恥ずかしくない。背景だから。

今、人に注意などできにくい。下手に注意したら逆ギレされるかもしれない。世の中は変わったのだ。でも変わらないものもある。新種の不快なものを見て、それにどう対処するかも自己防衛のひとつだ。

そしてそういう人でも、いつかそれが恥ずかしいことだと気づく可能性もある。人に教えられて。あるいは人との違いに気がついて。何かで謙虚になった時。感謝を知った時。鮮やかに世界は目に入って来る。

「『結婚したい』が口癖の人は、どうしたら結婚できますか」

「結婚したい」と言う人に、まず真剣に問いたい。

「結婚」をしたいのか、「自分の望む相手と結婚」をしたいのか。

それによって取るべき道が違う。

結婚というのは人によって意義が違う。結婚を、生き残る手段だと思っている人もいるだろう。恋愛をしてその結果、結婚したいと思う人もいるだろう。前者の場合、条件があるだろうし、後者の場合、恋愛感情が生まれる相手を探さなければならない。

とにかくなにがなんでも「結婚」をしたいのなら、条件を決めて結婚相談所に駆け込むべきだ。猛烈に結婚をしたがってる人しかそこにはいないのだから可能性は高い。条件をはっきりと決めたら、それ以外は文句を言ってはいけない。決して言ってはいけない。死ぬまで言ってはいけない。それだけの覚悟を決めることができたら、結婚はできるだろう。それは自分との闘いでもある。一生をかけた尊い闘いだ。闘いというのは日常生活にも潜んでいる。いや、日常生活にこそ潜んでいる。

「自分の望む相手と結婚」をしたいなら、そういう相手が現れるまで探したり、待ったりしなければいけない。そして現れないからといって決して愚痴をこぼしてはいけない。なにしろ相手は自分の望む相手なのだから、一生出会わないかもしれない。

どちらにしても「結婚したい」などとむやみに言わないことだ。言ったからといってできるものではない。それが口癖になっている友だちには「結婚したいって言えば言うほど、遠ざかるんだって！」と大きな声で言って話題を変えればいい。あ、ちょっと意地悪か……。たまにお酒飲んでかわいくこぼす程度だったらおもしろいし、お互いにそういう友だち同士だったら、そう言うことでストレス解消になって気が晴れればそれでいいのでは。

まあ、結婚したいけどまだしてない人、多いよね。

「結婚のいいところ、よくないところ」

おお、それを私に聞きますか。

うーん。私もかつて2回結婚していたけど……。結婚は、人によって違うからなあ。でも共通点をあえて考えて言うと……。

いいところ。最初は、楽しい。愛し愛されるしあわせ。いろいろな意味での安定。子供を作り、家庭、親戚ができる。家族ぐるみ、親戚づきあいができる。

よくないところ。だんだん楽しくなくなる可能性がある。だんだん愛がなくなる可能性がある。束縛を感じる可能性がある。子育てや家族、親戚づきあいで苦労する可能性がある。

むむ。なんか子供っぽい答えになってしまった。日常的な。

まあ、その人がなにを求めるかによって満足度も違うということでしょうか。結婚は人によって違う。それは自分が人と違うのと同じだ。しかも組み合わせでまた違うので、ある人にいい相性の人がこの人にはダメだったりして、なにしろ結婚は、その人としてみないとわからない。結婚してからわかることの方が多いから。でもどの場合も自分の気構えで変わってくる。なにごとも楽しもうというところまでいってる人にとってはどの結婚もそれなりに楽しめるかも。ほとんどの人も物事も、長所と短所でプラスマイナスゼロだから。

なんでも両方はいっぺんには手に入らない。静寂とにぎやかさ、一度にはどちらかひとつ。冷たい飲み物とあたたかい飲み物、一度に飲めるのはどちらかひとつ。それを理解している人は、どんな状況に置かれてもかなり大丈夫だろう。

苦しい（と感じる）生活環境、苦しい（と感じる）結婚、苦しい（と感じる）人間関係におかれている人は、それが自分の欠点を克服するためのもので、それに挑戦するために生まれてきたと想像できると見方も変わる。想像でなく確信になると、もっと変わる。

「結婚」の前に、自分が「生きる」とはどういうことか、それをつきつめて考えていくと、結婚（やそれ以外のこと）に対するスタンスもクリアになってくると思います。

「ツイッターをされていましたが、どうでしたか」

1年半ほどやっていました。ツイッターのいいところは、即時性、双方向性、誰にでも開かれている、とかかな。宣伝や広告にはとても便利だと思う。それに興味のある人がフォローし、必要な人に情報がいち早く、直接届く。本当に便利。で、長所は欠点にもなりえるので、その観点からいうと、即時性は「うっかり」につながる。つい、言ってしまったという失言が広がってしまう。誰にでも開かれた双方向性は、中傷や悪意も同等に受けてしまう。

私はツイッターがまだ今ほど広まっていない時期に始め、ほんのわずかなフォロワーから少しずつ広まっていく流れを経験し、とても楽しく貴重な感動を味わうことができた。その夢のような過程を本にして記録することもできた。よかったと思う。その後、ツイッターがだんだん世の中で宣伝媒体として機能し始め、また悪意のある人からのツイートを読むのもつらいなと思い始めたのでやめたのだけど。

今後も、いろいろな新しい仕組みがどんどん開発されていくだろうと思う。それによって思いもかけなかった交流も可能になり、喜んだり、がっかりしたりすることもあるだろう。どちらにしても選択するのは自分だ。何を信じ、何を疑い、何を選び、何を選ばないか、自分で決めることが大切になると思う。それが気分を左右する。

ネットの世界は人間の心の中みたいだなと思う。理知的で高尚で美しいものから、醜く低俗でドロドロしたものまで。その中で何にアクセスして、何を見ないか。たとえ視界に入ってきても、拒絶する意志の力、知ろうとしない意志の力、それが思ったよりも貴重になると思う。精神的な強さ、弱さを試される機会は増えている。

あ、思い出した。ツイッターをやっていて、時々、いい助言をしてくれた人がいた。特別その人に返事はしなかったけど、私はその言葉を心から受け止めた。

それから、勝手なことを言ってくる人もいた。私はほとんどの人が自分の読者だと想定してハートを開いて想いを綴《つづ》っていたが、私の本を読んでもいなく、なんでも目についたものを批判しているような人、街角裁判官みたいな人が書いてきた。私の本を読んでないだろ？　私のこと知らないだろ？　って人から勝手なことを正義感をふりかざしてるふうに言われるのにはさすがにムカついた。けど我慢した。あ、我慢できなかったこともあった。丁寧に説明していたら、「銀色さん。その人のことはもう……」と言われて、「そうだね」と思った。「銀色さん。その人のことはもう」と言ってくれた人のことは忘れない。そのおだやかなニュアンス。

他にもたくさんのいいことがあった。いい言葉、いい心、いい関係……。切りがないね。

その人たちの存在を知って、その人たちがいることを今も思って、私は力づけられ（続け）ている。その人たちやその後サイン会で会った人、手紙をくれた人。会ってもなく手紙も交わさないけど、確かに私の言葉を聞いてくれている人たちの存在。それを感じられることは、この人生の宝です。

「嫉妬《しっと》することはありますか？」

パッと思いついたのが、ふたつ。

ひとつは、才能を認めた人へ、その才能に対する嫉妬。ものすごく違う種類のものはただワクワクするだけだけど、自分と似ているものには嫉妬してしまう。好きで、嫉妬も感じる。もうひとつは、好きな人が他の人に心を惹《ひ》かれてるのを感じた時。

でも、これも自分の心が小さくなっている時のことで、気持ちが大らかでのびのびしている時は、あまり何にも嫉妬しない。そういう時は人のことは気にならない。まわりにだれも人がいなくなる感じかな。自分のことを好きと言ってる人は本当に私を好きなんだなと思える。心が小さくなっている時は、自分に自信がなくなって自分のことを好きと言ってる人の気持ちさえ信じられなくなる。

嫉妬を感じる時というのは、心が小さくなってる時に限られるようです。

「平気で嘘をつく人がいて驚きます」

嘘をつく人、私も知っていたことがあります。その人も嘘をついているという自覚がないようで平気でついていました。たぶんその人の中では嘘ではなかったのかもしれない。まるでそれが本当であるかのような口ぶりでした。自分に都合のいい妄想を信じ込んでいるような。私はなにしろ正確さを重要視するタイプなので、それを聞いた時は驚いてしまい茫然《ぼうぜん》となりました。そしてその人は危険だと思い、すぐに離れました。自覚がないということは今後も嘘をつくだろう。私も周りの人も被害にあうし、その嘘にまた巻き込まれたらとても迷惑だ。嘘に巻き込まれた場合、知人はみんな事実と違うことにやがて気づいて大事には至らないとしても、他人が巻き込まれたら嫌だし。私が誤解されるのも嫌だし。とにかく私は嘘つきからはすぐに離れます。

というようなことを話したら、まわりの人の中にもけっこう嘘つきの被害にあっている人はいました。特にひどい、もう虚言癖と言ってもいいぐらいの人も意外と存在するということも判明。虚言癖は病気だ。治療は専門家でも難しいという。

「最近、腹が立ったことはありますか」

ふたつ、2ケースある。どちらからもすごく失礼だなということを言われたりされたりしたけど、どちらも無自覚だった。態度にはうっすら傲慢《ごうまん》さが漂う感じ。傲慢だから無自覚なのか、無自覚だから傲慢なのか。

思慮の浅さ。無知の怖さ。こう言ってはなんだけど、頭が悪いんだと思った。自分で自分の首を絞めていることに気づかない。気づかないまま物事がいつもうまくいかないと思っている。だからとても気の毒だと思った。これでは社会生活は苦しいだろうと思う。実際、どちらも仕事はうまくいってなかった。パッとしていなかった。とりわけ人間関係が。人望が薄いというか、周りに人がいない。集まってこない。知り合っても去って行く。信頼されていないのだ。そしてどちらも見た目にはわからず、一見、いい人そうなところがより問題をわかりにくくしていた。私も最初はいい人だと思ったから。でももちろんそれに気づいた瞬間、それ以上関わりを持たないという選択をしたけど。

そのふたりです。

腹が立つというのは、溜飲《りゅういん》が下がらないからなんだよね……。たとえば、だれかからなにか嫌なことをされても、それを本人が悪いことをしたと自覚しているなら、たぶんその人の中に自責の念が湧き起こるだろうし、たとえ湧き起こらなかったとしても、悪いことをした事実を本人が知ってはいるから、私はあまり腹は立たない。本人に自覚がなく、逆に被害者みたいにすら思いこんで、相手が悪いぐらいに思ってしゃあしゃあとしている人が腹が立つ。自分のことしか考えられない人、人の立場に立って考えられない人。そういう人は精神的に幼い、子供なんだと思う。30歳になっても40歳になっても。だから腹が立つけど、気の毒な人だとも思う。どうしようもないから。説明してもわからない。いや、ものすごくものすごくきちんと説明したらわかるのかもしれないけど、それには相当エネルギーが必要で、そのエネルギーを考えたら、たとえ被害をうけっぱなしでも損したままでも、もういいやと思ってしまう。

今は離れられてよかったと思う。そして今も、今、現在、この瞬間、その人たちと関わっている人がいるんだなと思う。

あ、また思い出した。私のことを「心配しています」と言ってるんだけど内容は批判的なの。「心配しています」という呪いの言葉。こわい（こわくないけど）。

褒めてるふりしてねたんでる人もいる。丁寧な態度だけどその底にねたみがある人。ああ。

人の不幸をみて「だいじょうぶ〜？」といいながら同情することに優越感を感じるような人も。でもそういった人はわかりやすくていい。単純で軽率な悪意の放出。

そういう人たちって同じ種類でかたまるからあんまり害はない。小さな毒キノコが岩陰にまるくかたまって生えてるってイメージ。そこに行かなきゃいいから。

「最近いろいろ嫌なことがあって物事をポジティブに考えられません」

ポジティブね。私も無理。いつもは。
ポジティブと言っても、単なる興奮状態と間違えないように。やけにポジティブなことを元気いっぱいに言う人がいるけど、ヒステリックなだけかもしれない。不安定な人。

本当の意味でポジティブな人というのは、むやみに熱くならない。穏やかで落ち着いている。そしてそばにいると安心や頼りがいや信頼を感じる。それは口に出さなくても伝わって来る。言葉ではなく、それを目安にしたほうがいい。言葉だけに惑わされてはいけない。

物事をポジティブに考えられない時は無理に考えなくてもいいと思う。時々ひどく落ち込んだり憂鬱になったりすることってあるけど、それはしばらくすると去るから。

暗い気分や憂鬱が来たら、来た来たと思ってそれが過ぎるまで放っておく。あまりそれの言うことに耳を傾けない方がいい。反応しない方がいい。憂鬱たちはただ憂鬱なだけ。憂鬱には勝手に暗いことを考えさせといて、自分は他のことをしてなさい。憂鬱な感情と自分は違うのだと思って下さい。他の感情についてもそう。感情と自分は違うのだと思えれば、とても救われます。たとえ一瞬でも。

「今日のニュース。父親がどこかの宗教の僧侶と、中2の娘の顔に悪霊がついてると言って滝の水で窒息死させたそうです。とても悲惨に思うのですが」

むむ。完全にとりつかれてますね。父親の方が。

「死についての考えを聞かせてください」

私は今、52歳です。どんなに長生きしてもあと30年前後。最初に書いたように私は肉体は洋服のようなもので、死んだら魂は別の場所に行くと思っています。死は卒業のようなものです。

肉体はだんだんに衰えます。自然に。多くの人々が若さに執着するのは死を恐れているからだと思います。女性は若さ、美しさにしがみつき、男性は髪の毛の量や精力を気にしていますが、だんだん衰えてしわが増えたり体力がなくなったりすることは自然なことで、それにむやみに抵抗するのは苦しみを生むだけだと思います。けれどそれは、老いに抵抗するために作られている商品をより売るためにテレビやその他で宣伝するから、それを見た人々がそう思いこんでいる結果でもあると思います。というのは国によって違いがあって物の少ない国ではこれほどまで老いを敵視してはいないようなので、老いや死に対する考え方は違うようです。歳をとってもしあわせに生きていくためには、老いに対する恐怖心を失くさなければなりません。死に対する恐怖がなくなれば老いに対する恐怖もなくなります。いつまでも見た目だけでも若くありたいと思うのは、死を見つめたくないからです。死が怖くなくなれば、老いることを受け入れられるし、もっと尊重もするはずです。

私は今、死にたくはないですが、死が来たら、それを体験することに興味があります。

でもそれまでは生きることにもっと興味があります。この世には知らないことがたくさんあります。興味深いものもあります。解くべき問題もたくさん散らばっています。解けたと思った問題にも続きがあります。この世は理不尽でわからないことだけだと思うけど、時々、そうか！　と視界が開けることもあります。生きている限りはいろいろなことを考えたり試したりし続けなければなりません。すこしでも楽しく生きられるようにできないかと思います。

「より生きやすく」、これが私の生きる目的です。より生きやすくなれば、生きるのがより楽になる。その方法を考えたい。それが私の生き方であり、ということは同時に死に対する姿勢でもあります。より生きやすく、より死にやすく（死が怖くないように）。

さっきの、「感情と自分は違うのだ」と同じように、「肉体と自分は違うのだ」と思えれば、とても救われますよ。

「肉親の死を受け入れられる気がしません」

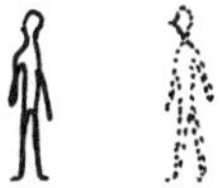

私の父親は私が30歳ぐらいの時に、趣味で飛んでいたハンググライダーの事故で亡くなったのですが、突然だったのでびっくりしました。兄弟で集まって次の朝いちばんの飛行機に乗り、家に帰ったのですが、迎えの車の中で涙が流れてきて止まりませんでした。仏間で白い布を顔にかけた父が横になっていて、私は怖くてその顔を見ることができませんでしたが、白い布の下に見えた頬《ほお》のあたりが生きているようでした。それから火葬場で焼かれた後に残った骨を見た時は、これはもう父じゃない、ここにはいない、と思ったのを覚えています。

悲しくて、もう二度と、今後たとえ笑っても、１００パーセント楽しい気持ちで笑うことはできないだろうと思いましたが、数か月後には１００パーセントの楽しい気持ちで笑っていました。悲しみも薄らいでいくんだなと思いました。そして、悲しみと同時に、ある部分ほっとしていました。もう父親の死に対して恐れなくてもいいんだと思ったから。生きているときは、両親の死を想像するといつも怖く悲しかったからです。

母親はまだ生きています。母が死ぬのも嫌ですが、80歳を過ぎているので父親の時のように無念だったろうというような気持ちは起こらないと思います。

肉親の死は、悲しいけれどいつかはやってくるし、自分の死もやってくる。

今日、生まれた赤ちゃんもいつかは亡くなるんですよね。

「夢を叶えるために、それを叶えてくれそうな人に取り入るのはいけないことでしょうか」

私は、これはよくて、これはよくない、とは言えません。いいことも悪いこともないからです。

と書いて思ったけど、スピリチュアルな本に書いてあることってだいたい似ている。それはなぜかと言うと、真実だから（じゃないかなと思う）。たくさんのそういう本を照らし合わせてみて、どれもが言ってること、ほとんどかぶってることは信ぴょう性が高いと思う。私はそうやって判断してきた。9割がたの人が言ってることね。それ以下だと、ちょっとわかんない。

で、夢を叶えるために取り入る、つまり自分の夢を叶えるという意図を持って人と接し、自分の行動を決定する、ということですね。たとえばその人に自分の夢を叶えられる権限があれば、気に入られようと接するし、お金持ちの人と結婚したいと思えば、お金持ちの人の前で好かれるように努力するということですね。

はい。この時点では、その行動は普通というか、もっともでしょう。この人に気に入られれば夢が叶うと思えば、自分の素地を曲げても気に入られるようにふるまうし、その人が望むようなふるまいをしようとするでしょう。そうしたいと思えばそれは自由です。

ただ。言うならば、その関係は低俗です。あなたも相手も。低俗なレベルでの交流なら成り立ちます。

人には欲がある。欲望。下心。エゴ。

それを叶えたいと思う。

人には夢がある。願い。希望。情熱。

それを叶えたいと思う。

欲と夢の違いってなんだろう。

欲は、自分のため。エゴを満足させるもの。

夢は、本当の夢はエゴを乗り越える。自分すら離れて、人のため、いや人さえ離れるかもしれない。

すべての物事には、「低俗」から「聖なる」ところまで、かぎりなくレベルがある。それをわかりやすく「俗」と「聖」と呼ぶとすると、俗は俗を呼び、聖は聖を呼ぶ。同じ種類のものでも俗と聖は遥かに違うけど、それを見分けるには「見分ける目」がなくてはいけない。そしてその「見分ける目」は、自分のレベルまでしか見えない。で、「夢を叶えるために、それを叶えてくれそうな人に取り入るのはいけないことでしょうか」だ。

そうしたかったらそうすればいい。けれど、そこには同じレベルのものしか寄ってこない。それを踏まえて行動してください。すべてはあなたが自分をどういうものだと思うかによって決まります。あなたが自分を、自分はこれぐらいと思う程度にあなたはそうなるでしょう。あなたがなりたいあなたが今のあなたでないとしたら、どこが間違っているのでしょうか。

今のあなたが、あなたです。

いつか、とか、そのうち、というものは存在しません。

違うというなら、違うあなたになってください。

どこを変えればいいかわかりますか?

いつもあなたはあなたそのものでした。内面的には。表面ではないですよ。あなたから発せられるエネルギーということです。あなたは、見た目とか持っている物に関係なく(職業や美醜や地位に関係なく)、あなたである輝きは一貫して明らかにそこにありました。生まれてからずっとです。本当はあなたは何にもならなくても輝いていたのです。夢が叶わなくてもです。いつかそれがわかる時、あなたはとても変わるはずです。

……力がはいってしまった(笑)。

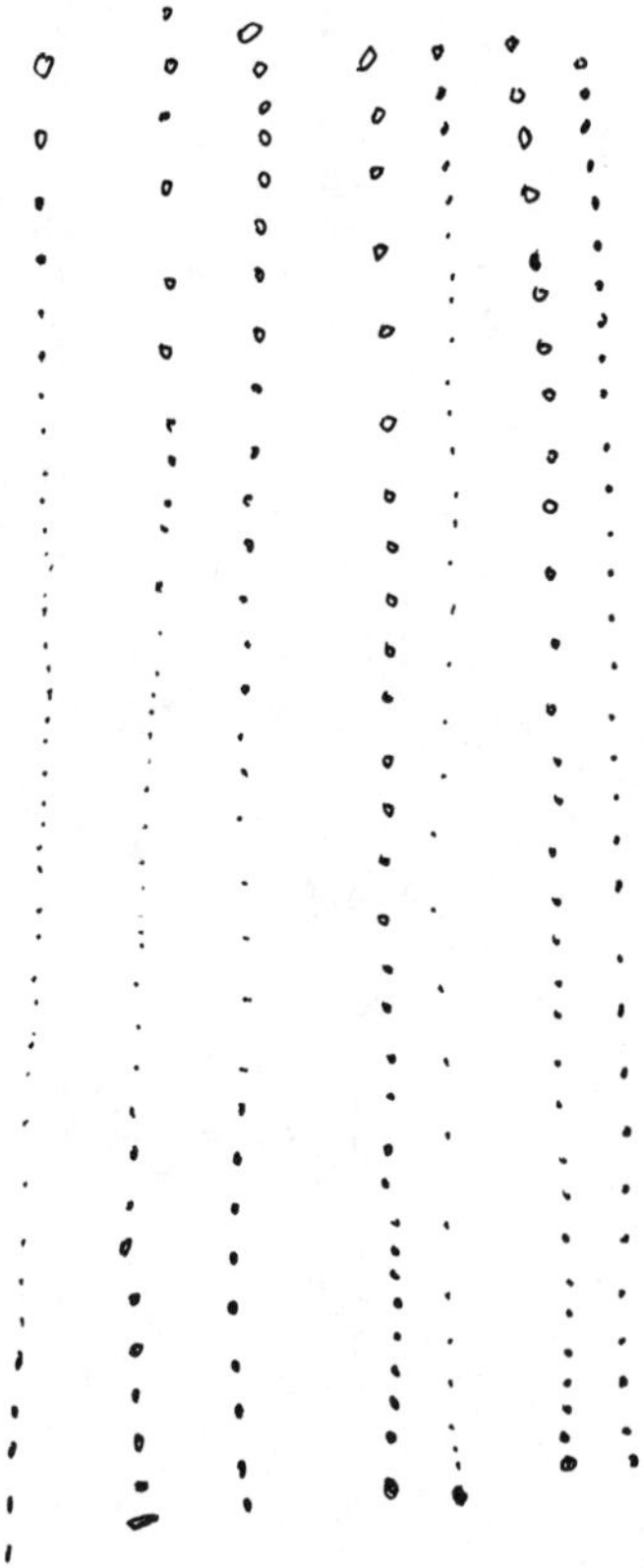

「人生の目標がありません。人生に目標は必要だと思いますか」

絶対に必要だ、とは思いません。目標がある人はあるだろうし。そう言われて浮かばない人もいるだろうし。自覚しているかどうかの違いかもしれないし。
そんなふうに他人事のように聞いてる時点でもう、必要ないでしょって思う。死んでないいんだからいらないいんじゃない？

この質問の脱力感って、たとえば「僕は結婚したいと思わないのですが、やっぱ結婚した方がいいですか？」の脱力感と似ている。した方がいいよって言われたらするのだろうか。人生に目標があった方がいいよって言われたら目標を探すのだろうか。目標って人に言われて探すものではなく、必要性があって自然と出てくるもので、見つけようとしたら見つかるものではない。どうしようもなく突き動かされてしまうようなものだろう。人生の目標、などというものは。

質問自体が……。

そうか、目標って何のことを指してるの？　って聞かないといけないのかも。どうも漠然としてると思った。この質問の意味がよくわからない。目標って、どういうこと？　夢とは違うの？　夢のようなこと？　これといって夢のない人はたくさんいるし、そういう意味なら目標も特にない人はいっぱいいる。本当に聞きたいのかな、それ。

（ついでに）だいたい、恋愛も結婚も、他人の意見を参考にしようとしてはいけない。なぜなら、恋愛も結婚もひとりひとり違うから。自分で悩んで自分で考えて自分で決めるしかない。人に相談すると遠回りになるよ。一見、早いように見えて。

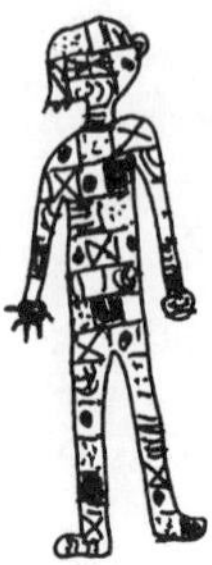

「銀色さん！　ずっと人生のパートナーを求めていらっしゃいましたが現れましたか？」

ふふふ〜。

私が、最も今、最新に思っていることは、それはむずかしいかもしれないということです。悲観的な気持ちでそう思っているのではなく、よく考えると、私に合うような人はよっぽど変わりものだと思うので数が少ないし、たとえそんな人が存在しているとしても生きているあいだに会うかどうかはわからないから。そのことを考えてもしょうがないし、いなくても、つまんないけど、自由に生きていければいいかなと今は思います。

なにしろ、だれも強く好きにならないし、だれからも強く好かれないんだもん。友だちや仕事仲間やファンの人はいるので、それで充分しあわせなんじゃないかと思います。

私は世間によくある感じの、好きな人、恋人、つきあってる人、みたいな人を求めていたんじゃないってことがわかったの。もっと違う深い深い縁のあるような、人間的なすったもんだじゃないやつなので、それはよく人々が言ってるようなのとは違うなって思った。つくづく。なので。

違うものを求めていたのだと思う。間違った名前で呼んでいたんだ、そのことを。まあ、自分の変わりっぷりを受け入れます。変わりっぷりというか、特異というか。

とにかく私は自由でいたいのです。そうじゃないと感じた瞬間からどうにもダメになるので。

そう思ったらなんとなくすがすがしい気持ちになりました。認めたくなかったことを認めた、見たくなかったものを見たって感じ。今欲しいのは仲間ですね。志を同じにする人たち。形のないものをめざして一緒に進んで行ける人。そういう人に会ったり、見かけたりするだけで、私は本当にうれしくなります。

「このところ、外に出て仕事されてましたがいかがでしたか？」


うん……。これはね、いろいろと考えたことがあります。

なにしろ今まで鎖国状態で、初めて仕事で外の世界と接したので、その時は夢中でわからなかったことが今になっていろいろわかってきました。

人も物も流れてる。変わっていってる。同じように見える世の中という川の流れ。でもその水は毎瞬違う。そのことを現実的にわかっている人とわかっていない人の差が、表れている。ぼんやりしてるとまわりはすっかり変わっている。確かな目印を見定めていないと自分の立ち位置もわからなくなる。近いまわりは流れているから、変わらないものを見ていなければならない。変わらないものというのは、遠くにあってよく見えるもの。どこからでも見えて、流れないもの。北極星や山のいただきのようなもの。

あれ、なんか話が脱線？……ぼんやりしちゃった。

えっと、いろいろな人に会っていろいろ思ったけど、最終的に一番思ったのは、私はテレビもラジオも取材もステージもあんまり居心地よく感じなかった。おもしろかったけど、そういうのは全部、見ている方向や価値観が私とは違っていた。私が今ふりかえっていちばん強くしっかりと輝いたものとして心に残っているのは、私の存在を励みにしてくれるファンの人たちの存在だ。私に会うことを躊躇《ちゅうちょ》しながらも、会ったらやはり会ってよかったと思ってくれた人たち。そして私も、多くの人に会うことはどういうことなんだろう？　と思いながらも、突き動かされるような気持ちで人々に会い、そこに強いエネルギーを感じた。その力はとても大きくてあたたかかった。

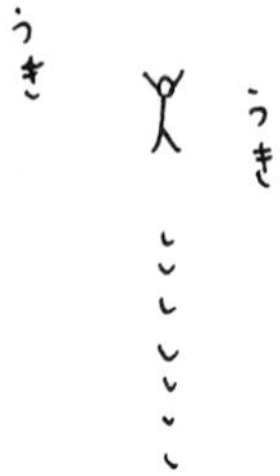

世界の人口増加のグラフを見るたびに思うこと

次の質問が届くまで、ちょっと今、思ってることを。
昨日、科学者たちが地球の未来のことを話す番組をみた。そこでは水、石油、テクノロジー、経済、食糧についての将来の考察が行われていて、近い将来に水も資源も食糧も足りなくなり、人々はますます争い、格差は広がり……とどれも気の滅入ることばかり。資源が枯渇したり環境が汚染されたりしたら、いくらお金持ちや権力者が自分たちだけが助かるように周到に準備したとしても限界はくるんだろうなと思う。都市機能がなくなっても生きていける原初的な暮らしができる人がところどころで生きのびるという気がする。

まあ、私にはよく判断できないこととはいえ、いつも世界の人口増加のグラフを見ると思うことがある。昨日も出ていた。低い横棒がずっと続き、右端でいきなり急上昇。垂直の壁のようになっているあれだ。だれが見ても、あれが人口のグラフだと知らずに見ても、これだけ急に増えたものは絶滅か自滅かわからないけど、もう最後のところだねって思うだろう。

見れば見るほど、急だなと思う。そして、もうここまできてしまったらちょっとやそっとのやりくりでは無理、焼け石に水、と思ってしまうのだが……。

私は今、ぜんぜん死にたくはないが、生き抜くためにもだえ苦しんだりもしたくない。助かるために人々と争ったりもしたくない。やる気のある間はやるだろうけど、もうこれは無理だと思ったら静かに死を受け入れると思う。人から離れて。そのために、40歳を過ぎた頃、「死」や「病気」が恐ろしく、それらを怖くなくなりたいと願い、どうしたら怖くなくなるかと考えて、考えて、死んでも死なないというスピリチュアル的な考えに私は賛成することにしたのだ。それがいちばん怖くなくなる考えだったから（たとえもし違っても、その時は死んでるからわからないから、いいの）。

それは今を生きるのも生きやすくなる考えだった。自分がしたことが自分に返って来るというのもそれについているのだが、それを信じると、生き方に変化が生じてくる。悪いことをあまりしなくなる。だって悪いことをしたら返って来るから。返るというのも、だれかそれを決める人がいて、罰みたいに返されるのではなく、死後かいつか、自分がそれを知って自分で自分に返すのだけど。

まあ、なので、私は自分でできる範囲でできることはするけど、それ以上のことに対してはあまり悲観してもしょうがないと思ってる。経済が崩壊してもオゾンホールが広がっても紫外線が降り注いでも食糧がなくなっても病気が蔓延《まんえん》しても、それで肉体が死んでも魂は死なずに次の役目があると思っているから。それまでは私のできること、それを前向きにやっていくのが私の仕事だと思ってる。

でも、悲観しているばかりでもないです。人には人にしかないよさがあるから。人の思いやりとか犠牲的精神ややさしさを見ると感動します。人はその人の人生の中で、苦しさと感動、その両方を知ることになるのではと思います。

人の本性が出るのはいざという時

いざという時、せっぱつまった時、その人の本性や個性が出るという。

ある、いい人がいた。冷静で落ち着いていてやさしくて思いやりがあるように見えた。ところが、状況が急変し事態が悪くなった。まわりの人間関係も、情報が錯綜《さくそう》し、一瞬のあいだにどう判断しどうとらえたらいいかむずかしい状況。この人を信じていいのか。あの人はいい人なのか悪い人なのか。いろんなことを確かめる時間がないまま、でも判断しながら話を急いで進めなくてはいけない。そしてその時、

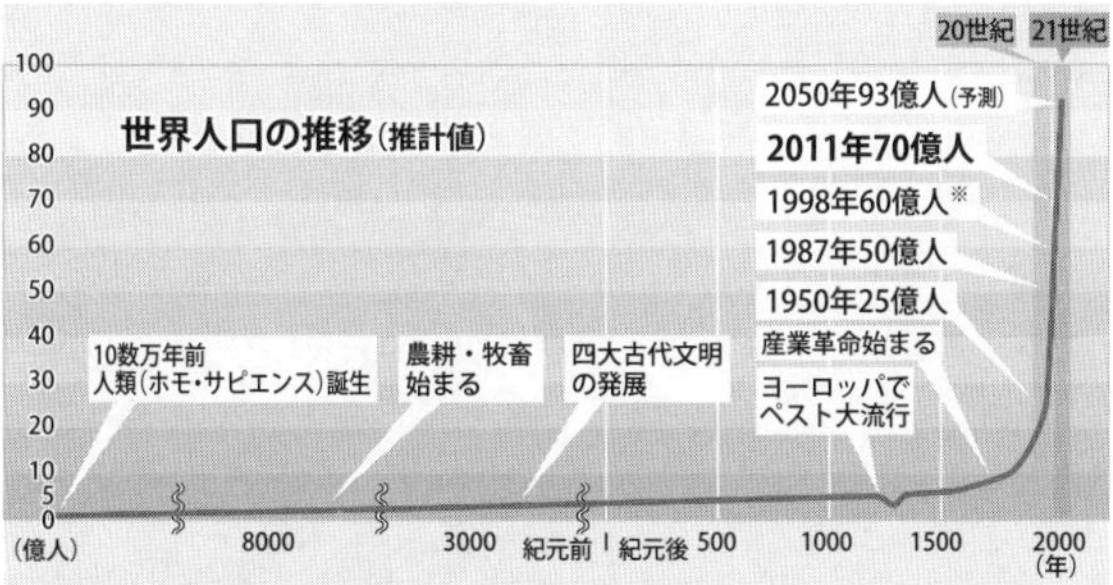

※国連人口部は1999年に世界人口が60億人に到達したと発表したが、その後の人口統計の改訂により60億人に到達したのは1998年だったと改正した。
出典：国連人口基金東京事務所ホームページ

あのいい人がとんだ馬脚をあらわした。いい人ではなく、いい人そうに見えていただけだった。平和な時は余裕があったからボロがでなかっただけで、本当はとんでもなく能力のない、及び腰で恰好《かっこう》だけの使えない人だったことがわかった。

いざという時にならないとわからないことがあるというのは本当だと思う。平静時にはわからない真価が現れるのは状況や立場が切迫した時だ。取りつくろっていたベールがはげ落ち、裸の本性が露わになる。魂の本性というか。

その時、まわりの人のそれが輝いていたらいいなあ。私も、自分の本性を見てみたい。

あの人はダメだよ

あの人はダメだよ。と思う人がいたけど、それは私がそれに気づくような出来事があったからで、それがなかったらわからなかった。今も、あの人をいい人だと思っている人が存在していることだろう。その人は、あの人をいい人だと思って、あの人がいい人じゃないと思う時まで、いい人だと思って過ごすだろう。もし、いい人じゃないと思う出来事が起こらなかったらずっといい人だと思うのだろう。それはそれでいいのかもしれない。私だって、そういう出来事が起きなかったらいい人だと思っていただろうから。でも、最初からうっすら、なにかがちょっと変だなとは感じていたので、悪い人とは思わなくてもなんか気持ち悪いなとは思い続けていたかもしれない。なんか変な人っている。どこがどう変なのかわからずに、それがいっそう気持ち悪くさせるのだが、なんか変な人っている。

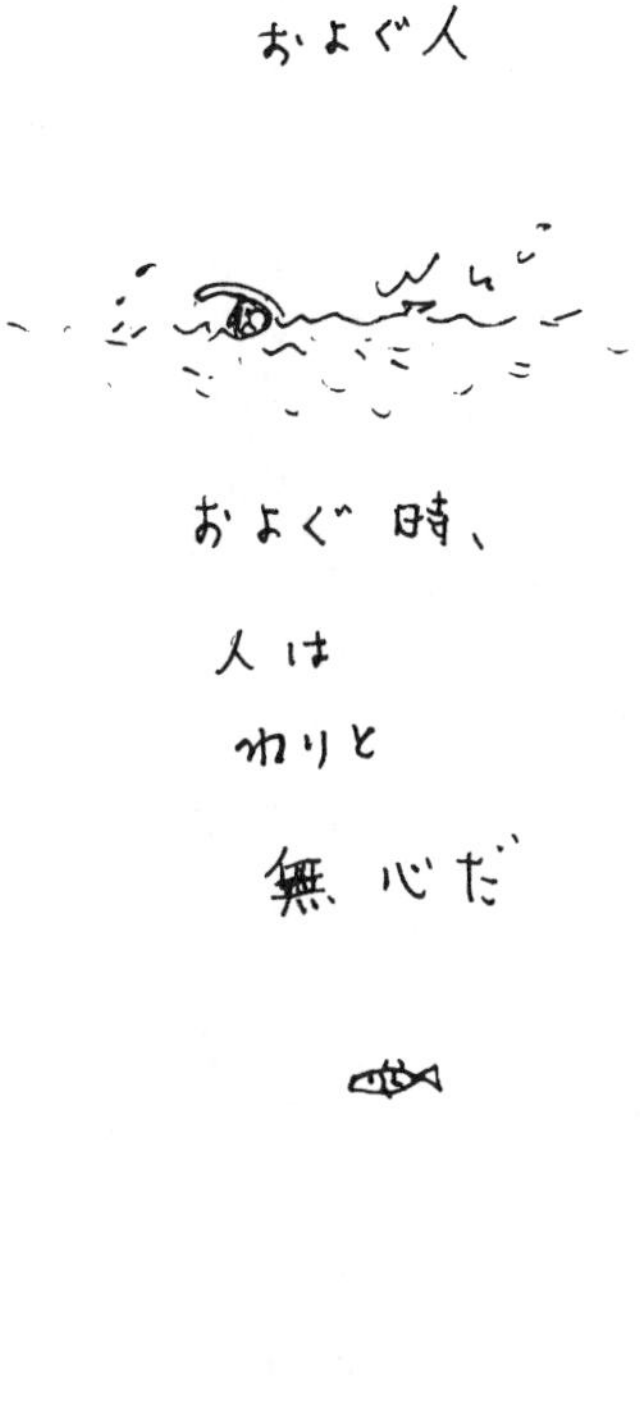

「ストレスを感じることはありますか？」

おお、質問がいっぱいきました。

ストレス……。うーん。もし感じることがあるとしたら、たとえば、やりたくないことをやらなければいけない時です。私は、やりたくないことをやらなくていいように意識的に工夫して生きていますのであまりそういうことはないのですが、時々あります。その時は、ストレスを感じつつも、できるだけ感じないで済むように工夫するか、できなければ、その中に何か価値を見出すことに努めながら、できるだけ早く終えようとします。

「育児放棄や幼児虐待の事件はなぜ起こるのでしょう？」

多いですよね……。命の意味がわかっていないとしか思えない……。自分が生きていること、人や生き物が生きるということは何か。そういうことをまったく考えていないのだと思う。目の前の命と自分の命は同じ、というか、つながっているのだと私は思うけど、本来は成長する中で自然に学んでいた、すべてはつながっているという意識を何からも学べずに大人になった人たちなのだと思う。

「肉食女子、草食男子についてどう思いますか？」

いろいろな人がいるから特にどうも思わない。そういうふうに名付けたから特に何かありそうだけど、実はいつの時代にも同じような人はいるので特にとりたてては何も。そういう性格・タイプの人、って感じ。なんか私はそういうふうに人をくくって名付けて見ることに興味がないんだと思う。原因を知りたいとかっていうふうにも。おもしろいとも困ったとも。私はいつも一人一人を見る。目の前に人が来たらその人だけを。そして見て話した自分の実感からしか印象は持たないので、知ってる人しか知らないというのが答えです。

「子どもが反抗期で困っています」

うん。子どもはね、反抗する時期がありますよね。腹が立ちますよね。しょうがないですね。第一、人と一緒にいなきゃいけないってとこから無理があるもん。ホントは。でも「反抗期」であれば必ず終わる時がきますよ。困ってことは、自分の価値観とも関係しますよね。自分との闘いでもあります。

自分のことを考えると、中学から高校ぐらいはあまり親と関わりたくなかったような気がします。それが大学生になって親元を離れてから、だんだんいいところに気づくようになりました。成長したらだれでも変わるので、できれば気にしないのが一番だと思います。が、そういうわけにもいかないというのもわかります。中学生の娘さんがいうことを聞かなくてヒステリーをおこしていた娘の友だちのお母さんとか見ていると、本当に感情的になっていてつらそうでした。親子問題はお互いの中に理由があるので、それぞれに向かいあうしかないのでしょうね。

私も中学生と大学生の子どもがいますが、大学生はもう一人暮らししてるからいいけど、中学生の方は自分のことを思い出して、あまり干渉しないようにしています。

私も自分の好きなことしかしてないので、干渉しなさすぎかも。同じ家でそれぞれひとり暮らしをしているような感じです。せめてごはんの時は一緒にと思いながらも、ついつい好きな番組などを見るために小さなテーブルをテレビの前にしつらえて、私ひとり分のごはんとおかずをそこに置いて食べながら見たり。子どもも自分の部屋でベッドに寝ころんでテレビを見ながら朝食を食べたりしているので、やはりそれはやめようと思った私は、いちいちベッドまで朝食をお盆にのせて運ぶのをやめました。リビングのテーブルで食べてと言ってます。夕食も、いつも子どもはiPhoneでお笑いやドラマを見ながら食べていたので「それはやめよう」と言いました。そういうふうに家にいる時は常時イヤホーンをしているので、それもやめさせたいです。このまま行くと子どもが普通の人と暮らせなくなりそうでいけないと思うのだけど、でも、私たちはケンカもしないで、とてもらくです。

また、映画なんかで赤ん坊や2〜5歳の子どもを見ると本当にかわいくて、私の子もあれくらいの頃はとても子どもしていてかわいかったなあと思い出し、記憶の中にあるそのかわいらしい姿や言動を反芻《はんすう》しては懐かしい思い出にふけります。あの頃のきゅんとくるようなかわいい時期が過ぎてしまって本当に残念に思いますが、同じように反抗期もいつか絶対に過ぎるので、大丈夫でしょう。反抗的な子どもほど、親に対する愛情、ねじまがっているけど、愛情は深いと思います。

物事ってすぐには変わらない

こうしたらいいって
みんなが思っても、

「友人からお金を貸して欲しいと言われたのですが、どう思いますか？」

私は貸さない。貸してって言われたこともない。貸したければ、あるいは、貸さないわけにはいかないとしたら、黙って貸して人にも言わなければいい。貸したくなければ、貸さなければいい。それで友だちが困ったとしても、そこからまた新しいその人の人生が始まる。

「幸せな老後とは？」

それはその人が何を幸せと呼ぶかによって違いますよね。自分が思う幸せな老後を過ごせるかどうかは、今、幸せな今を過ごせてるかで予想がつきます。幸せかどうかって、そう思える気持ちの問題だから、幸せと「思える」かどうかっていうことです。いつでも今をある程度満足だと、幸せだと謙虚な気持ちで思える人は、いくつになってもそう思えると思います。

私はだいたい何十年もずっと同じようなテンションで、憂鬱とうっすら幸せをこきざみに行ったり来たりしています。もうずっと。だからきっとこれからもそうなんじゃないかなと思います。爆発的に幸せということはないかわりに、死にたくなるほど絶望を感じることもない。うっすら気が沈んでるか、好きなことに夢中か。それの繰り返し。沈んでる方が割合としては多いかなあ。

「老後」って言葉で区切るから「老後」があるみたいだけど、実は人生はつながっているので急にそこだけに老後が存在するんじゃない。さっきの「肉食女子、草食男子」と同じで、区切るからそういう人がいるみたいだけど、本当は人はいろいろな要素を常に含んでいるのでひとことで表せるものでもない。男っぽい人にも女っぽいところはあるし、女っぽい人にも男っぽいところはある。

「いつもフラれてしまいます。どうしたら両想いになれるのでしょうか?」

方法はない。
フラれるということは、無理かどうかわからない段階で意思表示してるってこと?だいたいわかるでしょ。相手が自分を好きかどうかぐらい。好きじゃなさそうだと思ったら告白しなきゃ、フラれもしないよ。人って、好かれたからって好きになるのかなあ。好きだと思ってない人から好かれても、好きになったりしない人の方が多いんじゃないかな。若い時は、またちょっと違うと思うけど。好きということすらよくわからないから。

人に無理に自分を好きにさせることはできないのだから、両想いになる方法はないと思います。それよりも、あなたにとって本当に問題なのは、悩んでいることは、そういうことじゃないんじゃないの？

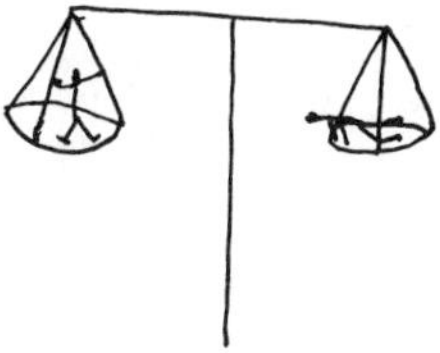

「就職試験で緊張して上手く話せません。緊張を解く方法があれば教えて下さい」

私が人前に出る時に思ったのは、「いいところを見せようと思うから緊張するんだ。

いいところを見せようと思わずに、ありのままを見せようと思おう」ということでした。

私も緊張する方ですが、自分の好きなようにしていいと覚悟したら気が楽になります。自分らしくしたらいけないと思う時は緊張するので、いつでも自分らしくしてもいいと思えるようになったらもっと緊張しなくなるだろうなと思います。

あと、目の前の人ではなく、遠くの何かを思うと心が落ち着くことがあります。

「浮気は相手にバレなければ良いと思いますか？」

それは自分で決めてください。そういうことの正解ってないと思います。自分の考え方でしょう。自分の中でだって、この人とのつきあいでならいいけど、前の人では許せなかったとか、相手によって感情は変わるのだから、ましてや他の人のことになると、まったくの人それぞれ。自分とつきあっている相手との間だけの問題。当事者以外の人とこのことを話しても意味がないし、もしそういう質問をだれかにされたら、それは答えを求めているのではなく、その人の中で自分の考えや感情を整理するためにちょっとつきあってほしがってる、カウンセリングの時間みたいなもの。友だちだったら酒のつまみにつきあってあげて、いろんなことを整理する手助けをしてあげてもいいかも。したかったら。

「今の世の中、女性が一人で生きていくのは大変でしょうか?」

「大変」がなにをさすのかによって変わる。精神的に、経済的に、世間体、などかな。女性を男性に換えたら、また何かがはっきりする。「今の世の中、男性が一人で生きていくのは大変でしょうか?」。すると、頭に浮かぶイメージが変わりますよね。男性だと、あまり大変という感じはしないよね。寂しいって感じ。女性だと、寂しい+必死みたいな感じがする。でも、一人の女性を何人か知ってるけど、みんな一人って言っても好きな仕事をしててそう大変そうじゃないけど。それも性格かな。大変って思ってる人は思ってるのかな。

「今の世の中、女性がみんなで（仲間で、家族で）生きていくのは大変でしょうか?」これだとなにも問題を感じないよね。「一人」っていうところか。「一人で」って言い方は、友だちもいないって印象を受ける。結婚しても家族がいても、最後には一人になる人もいるんだし、わからないよね。最後まで見ないと。

いつかこうなるかもしれないって不安を想像して心配してもしょうがないから、先のことを考えて今を決めるのではなく、今のことを考えて決めた方がいいと思う。

「一人で生きていく」ということ自体は、大変も大変じゃないもない。普通だ。家族がいても、だれでも一人のように生きるべきだと思う。家族がいるから一人じゃないって過剰に思ってる人は、依存してるんだと思う。

「一瞬でその人が信用できるかどうかの見極め方はありますか？」

私にはわからない。私は、人ってわからないなっていつも思う。いつも最初はみんないい人のように感じる。悪い人のように感じる人とはその後、会わないから必然的にそうなる。そしてなにも問題が起きなければ、印象はずっといい人のままだ。いろいろ話をしてみて、あれ？　って思うことがでてきて、だんだんやっぱり信用できないなって思ったりする。何か出来事が起こって、それで急激に信頼を失くすこともある。人が信頼できるかどうかの判断には、永遠にゴールはないと思う。かなり信頼できるというのはあるけど、まだポイントになる出来事が起こってないから問題が出てきてないだけっていうこともある。だからこそ、人とのつきあいはいつも大事にしなきゃいけないと思ってる。ゴールがないから、緊張感を持たないとと思う。大変な時こそ、大事だと思う。

ということを踏まえたうえで、私は人を最初にどこで判断しているかというのを思い出してみた。私は、まず、その人と最初に会った時、何をしゃべるかを聞く。10分ぐらい一緒にいたら、人は相当の言葉を発する。口数の少ない人でも10ことぐらいは話すだろう。どういう場所でどういう状況でどういう言葉をどういうふうに選択したかで、かなりその人の生き方がわかる。服装や表情も含めて。そこで総合的に判断して、その人の人となりを把握する。それはだいたいの雰囲気みたいなものだけど、そこで大丈夫だと思った人とは次に繋がるのだが、それからはその人の能力に関心をもつ。頭の良し悪しや機転のきき方などは現実を処理するやり方を通して推し量れる。それと個性やおもしろさ。

というふうに、会えば会うほどその人を知ることができるので、興味を感じる人と知り合うことほどおもしろいものはない。めったにないですけど。

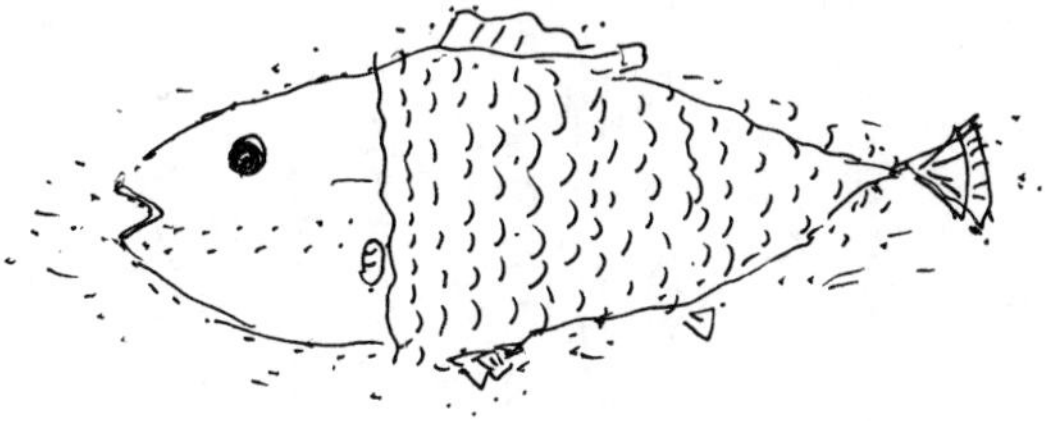

「母親と物事に対する考え方が合わず、すぐ喧嘩《けんか》になります」

私も考え方が合わない人がいるので、それを思い出しながら書きます。

うーん。

合わない人には近づかないように人はするけど、家族や学校や職場が一緒だと離れられない。そこで人間関係の悩みが出てきますね。親子で気が合わない例は、よく聞きます。

違う考えの人をどうするか。考えの違う相手を自分の考えに従わせようとする人って困りますよね。その人にそういう権利があれば特に。どうしましょう。

本当はそのお母さんと距離を置けたらいいのだと思います。でもできないんですよね。

うーん。

根本的な解決にはならないけど、ちょっと過ごしやすくするには違いを認めることかな。双方が。違いをはっきり認め合えば、お互いに考え方が違うから喧嘩になるねと言いながら喧嘩できるので、喧嘩しながらお互いに考えを整理できていいですよ。

このまま続けたら喧嘩になるので今日はここで止めておこうとか工夫できるようになって。

「頻繁に交代する日本の首相についてどう思いますか？」

おお。政治の話はくわしくないのでうっかりしたことを書けない。でも、社長がすぐに変わる会社は大きいことができないというけど、それと同じだろうなと思います。

「恋愛に駆け引きは必要でしょうか？」

これまた小さな質問ですね。そんなの好きにすれば（笑）？

駆け引きって心理的なテクニックですよね。動物捕まえるのに似てますね。小動物。鳥やうさぎ。成功したら、やったー、というささやかな達成感はありそう。小さいです。駆け引きで捕まる程度の獲物です。

「人として決して失ってはいけないものは何だと思いますか？」

へえー。何だろう！　考えたことない。考えたことがないということは、そういう状況に今まで陥ったことがないからだ。「人として」というところが特に。それは人以外のものも含めた何かに直面した時に出て来る言葉ですね。

「定期的に旅に出る理由を教えて下さい。また、場所はどうやって決めるのですか？」

それが今はあんまり旅行に行けなくて、それが私の気分転換できない要因かもしれません。

行きたい場所はその都度、出てきます。今は行けないのでどこも浮かばないんですけど。早くいろんなところに行けるようになりたいです。

「趣味がなく、何に対しても興味が持てないのですが、そんな自分を変えるにはどうしたら良いでしょうか？」

これ、昨日までの私もそうでした。趣味がないんです。そして何にも興味を持てなかったんです。暗かったです。どんよりしていました。その時私は、ずっと家にいて映画や本を見て過ごしました。もう気持ちも沈んでね。

でも、今日の朝起きた時、何かが変わったような気がしました。次のところに進んだような気が。で、今はけっこうスッキリとしています。またぶり返すかもしれませんが、こうやって少しずつ気持ちが変わっていけばいいなと思っています。相変わらず興味のあるものは特にないのですが。気分が変われば日常生活を楽しく過ごせるし、小さなことにも満足を得られるので、気分が変わるのを待って下さい。

「自傷行為についてどう思いますか?」

どう思うかって聞かれても、答えられない。したことがないので自分の意見が言えないし、人のことはわからないから。

知人で自傷行為をしていたという人がいました。その人は、その時は明るく話していました。詮索《せんさく》しているように思われるのも嫌だったので、理由は聞きませんでした。

精神的に追い詰められるということに関していえば、私は自分が自殺などをするタイプではないと思いますが、気が変になったらいやだなとは思います。

「好きな人の好み（見た目）を教えて下さい」

特にありません。あ、目で言うと、大きすぎたり小さすぎない目で、どちらかというと横長。熱い野生的な人よりも、さらっとした人。

でも、見た目が好きな人と、好きになる人は違います。見た目っていうのは、本当に単なる見た目だと思う。好きな色とか好きな花とか好きな匂いとか好きな家の形とか好きな食べ物みたいに。好きになる人は見た目ではなくて、言ってみれば魂の呼応みたいなもので。魂が惹かれあう。とは言っても私はまだ本当に心の底から「この人こそ！」という人に出会ってない。もし出会ったらすぐにわかると思うのだけど。今後の私のやりたいことを励ましてくれるような存在がいたらいいなと思います。

「好きな季節の好きな瞬間があったら教えて下さい」

5月と10月です。さわやかな風に吹かれた時。
でもそれ以外にも一年中、好きな瞬間はあります。
1月2月は、寒い外を眺めながら、温かい家の中でぬくぬくとしている時。
3月は、春の訪れを心待ちにしながら太陽のあたたかさを感じている時。
4月は、だんだん咲いていく花をあちこちでみつける時。
5月は、高く澄んだ空。吹いてくる風。
6月は、しっとりとした雨とあじさい。
7月は、カッキリとした躍動感。
8月は、夕立の後の匂い。
9月は、そこはかとなく漂う秋の気配。
10月は、すがすがしさとせつない気分。吹いてくる風。
11月は、冬の訪れを予感する、ちょっと心急く感じ。
12月は、おだやかな沈黙と喧騒。雪を見た時。

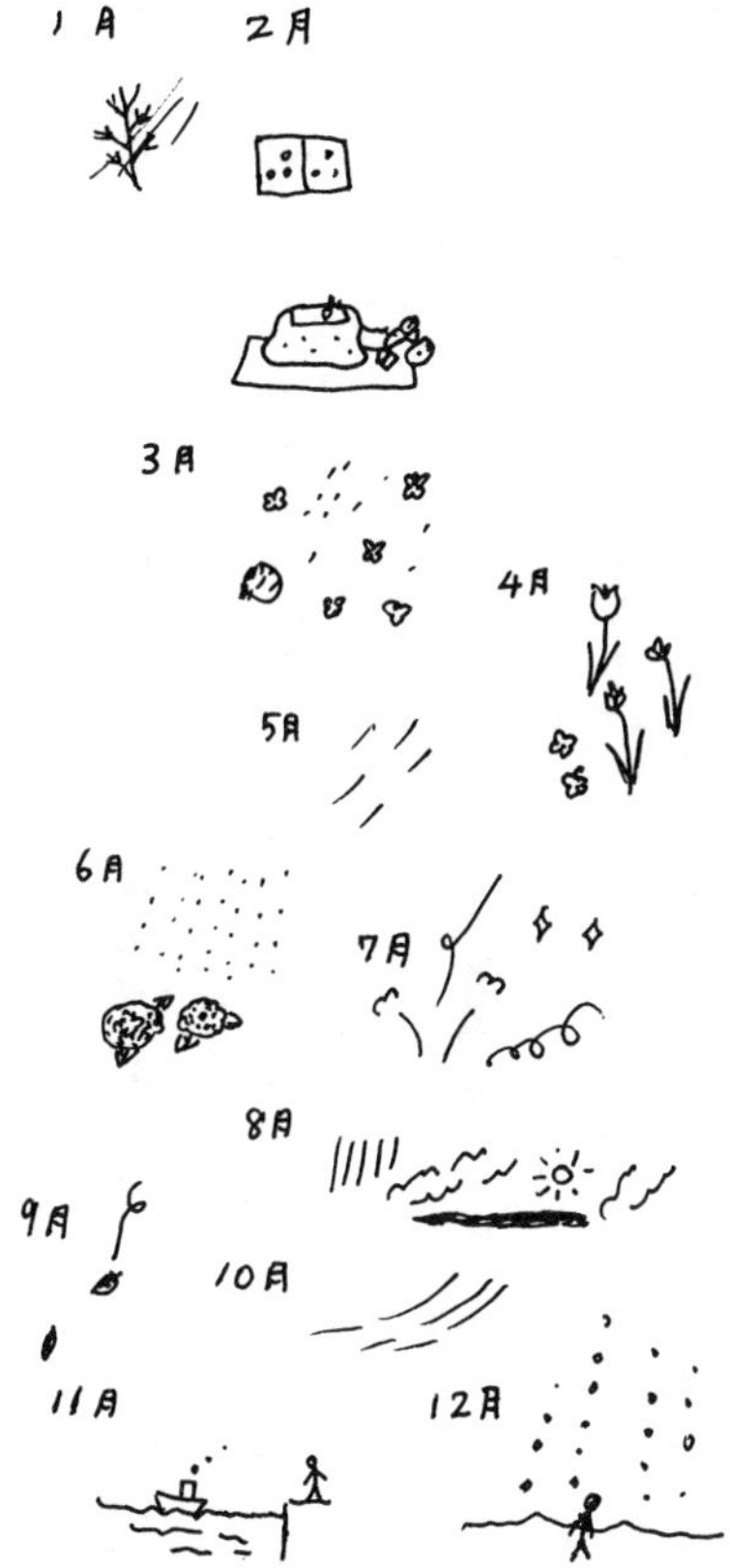
1月
2月
3月
4月
5月
6月
7月
8月
9月
10月
11月
12月

「臨時収入が1億円あったら、何に使いますか」

臨時収入1億円、って軽さがいいですね。なんだろう……、すぐに思いつかない。ゆっくり考える。あんまりあとに残らないものに使うと思う。

「ある不愉快な出来事が起きたとして、怒りを表に出す人と出さない人、どちらにどう思われますか」

それも性格かなあ。私はパッと表せなくて、かなり表せなくて、あとで困ることがあるぐらい。素直に顔に出しておけば話も早かったのにと。怒ってることが伝わらなくて。あとからじわじわと怒りがこみ上げてくるけど、もう遅い。表にパッと出せて、あとはさっぱりしてる人はうらやましい。ちゃんと的を射た怒りね。見当違いの怒りをぶつけられるのは嫌だ。逆切れされるのはもっと嫌だ。

「仕事で失敗した時の心の持ち方を教えて下さい」

ああ〜。仕事で失敗ね。私もあるから、大変にショックですよね。うん。失敗した〜！　と思います。ああああ、と頭を抱え、まわりに対しても自分にも怒りと後悔が押し寄せる。いろいろな失敗があるけど、しょうがないと結構すんなりあきらめられるものと、いつまでもいまいましいのとあって、いつまでもくよくよするタイプの失敗には私もお手上げ。ずっと時間がたって、本当に忘れることができるようになるまでいつまでも後悔しています。でもそのぐじぐじとした後悔の時間に自分にいろいろ言い聞かせてる。教訓を。

そして時間がたったら、それらの失敗はなんて勉強になったのだろうと思い始める。私は失敗もいろいろ経験したい。いろんな種類の失敗を。経験こそ、してみたいこと（と元気な時の私は思う）。

「飲み過ぎて失敗した時の自己嫌悪をどうしたらいいですか」

ふふふ。私もあります。本当に後悔しますよね。私も嫌だけどもうしょうがないので、飲みすぎたな、しまったな、気をつけよう、としゅんと思うばかりです。他の人のひどい失敗談を聞くと慰められたりします。

と言いつつ、何か失敗したかなと思い返すと、すぐに思いつくような失敗ってないかも。二日酔いを後悔するぐらいかな。あ、一度、すごく酔っぱらったことがあって、昔。仕事仲間とどこかの飲み屋ではしゃいだことが。あまり記憶がないんだけど。その時、私の詩のファンだという男の人がその店にいたんだけど、その酔っぱらった陽気な私の様子を見て、見なきゃよかったって言ってたらしい。アハハ。

「アイドルという仕事に対して思われることを教えて下さい」

アイドルやヒーローって子ども（成長期）には必要なんだろうと思います。それを仕事にするということは、アイドルになりたい人がいるということで、アイドルになりたい人と、アイドルが必要な人がお互いに必要としあって存在が成り立っているんだなと思います。国によってアイドルって様変わりするけど、それでその国の成熟度や価値観が浮かび上がってくるようでおもしろい。日本は、全体的に平和で幼いって気がする。

「生まれ変わりを信じますか」

生まれ変わりというか、先にも書いたけど、死んでも魂は生き続けると思って（思うことにして）る。また人間に生まれるのかどうかはわからないけど、そういう可能性もあるんじゃないかなと思う。なにしろ、死んだあとのことは死んでみないとわからないよね。

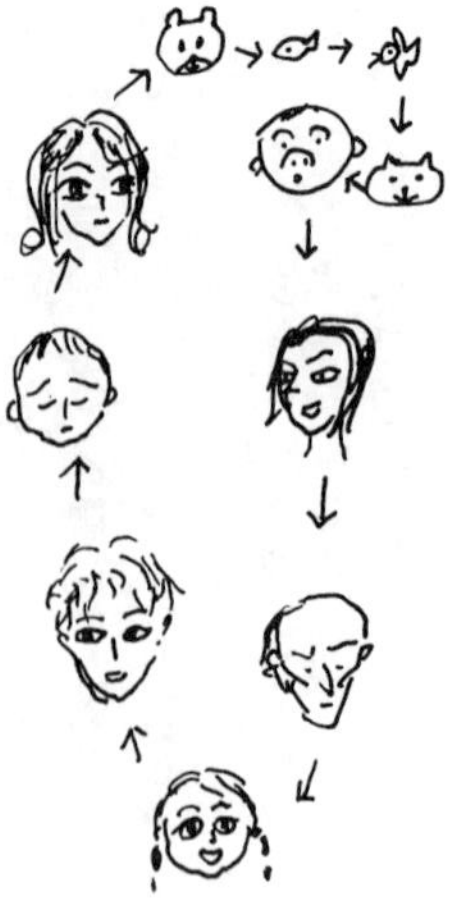

「人は何の為に生きているのでしょうか」

いろいろなことを経験し、魂（自分）の本来の目的に気づくため。それをやるため。

「親のことは好きだけど、いつもイライラしてしまいます（向こうも同じようです）。家族とうまくやる方法はありますか」

また同じような悩みが！　本当に多いですね、親子問題。これはしょうがないんですよ。お互いイライラするのは。本当は、大人になったら離れるのがいいんじゃないかと思いますが。

「美容のために気をつけていることは？」

気をつけていることはありません。美容に興味がないんです。そして面倒くさがりなんです。あまりにも時間がかかり過ぎて化粧水を1本、まともに使い切ったことがないぐらいなのですが、このあいだ初めてネロリのをすぐに使い終わりました。天然のでいい匂いだったので。

「健康のために気をつけていることは？」

健康ではいたいと思うのですが、これもまた気をつけていることはありません。運動しないといけないと思うのですが、すごく嫌いなんです。運動が。運動しなきゃと思うと苦痛で苦痛で。食事も我慢するのが嫌なので、気をつけません。

「ダイエットはどうですか？」

もう……。1年前は食事するヒマもないほど忙しくて、自然と52キロ、いや、51キログらいまでいったのに、家でゴロゴロしだしたらとたんに60キロまでボーン。してません。

「おしゃれするときに心がけていることは？」

おしゃれにもまたまったく興味がないんです。数か月に一回、洋服はまとめ買いしますが、それも別に必要があってというわけではないので買い物も楽しくないです。美容やおしゃれって、やっぱり人にどう見られたいかということから来るんだと思うんですが、人からこういうふうに見られたいとか思わないので。

人の心ですよ、私が食いつくのは。食いついてから、あまりのまずさに吐き出すこともしばしば。それでも食いつかないとわからないから。

「これならお金をいくら使ってもいい、というものはありますか?」

私が自分のお金を注ぐのは、形として残らないもの、私の気分をよくしてくれる物に対してです。具体的には、部屋代と交通費とその時食べたい食べ物。旅行代。土地や家は私を縛るということがわかったので敬遠しています。大きくて重いものや継続するものも苦手です。だいたい収入は使って回してます。

「あまり親しくない人と会話をするときに気をつけていることはありますか?」

慎重に。はしゃぎすぎない。

「誰か他人に認めてもらいたいという気持ちはありますか？（たとえば、仕事で）」

うーん。ありますね。いい本を作って、その内容や考えをいいと思ってもらえたらうれしいです。好きだとか、同じ意見だとか、気持ちが晴れたとか。あえてその人が言葉にださなくても、認められるとうれしいです。

「タイの洪水、トルコの地震など、天災が続いていますが、どんどんひどくなっているような気がします。天変地異が起こるのでしょうか」

自然災害って、人が死んだり人工物が壊れたりするから災害っていうけど、だれもいないところで起こったら、それは災害とは呼ばない。地球の自然な動き、だ。
地球上にもし人がいなかったとしたら、宇宙の遠い星から観察したとしたら、地震も火山の噴火も洪水も自然の営みだと理解できると思う。地球自体が内部は熱いかたまりだし、活発に活動しているのだから当然だと受け止められると思う。人間を主体に考えるから災害。地球が、人で言えばくしゃみとか身震いのような自然の動きをしてるだけだ。人類が地球の上で大繁殖してて、地球が身震いした時にたまたまそこが人口密集地で人がたくさん亡くなったら、地球が怒ってるとか神の怒りとか言うのもあまりにも人間的考えだと思う。地震も洪水もいつでも起こりえる。氷河期だって来るかも知れない。隕石《いんせき》も落ちてくるかも。そこに人間が、人工的に森林を伐採したり二酸化炭素をたくさん出したりするから、もともとの自然災害にプラスされて人が住みにくい条件が増えている。

人が住むのにどこも安全なところはないと思わないといけないと思う。何十年も何もなかったことの方が奇跡的で幸運だった。空気もない真っ暗闇の中に浮かぶ火の玉の上に住んでいるのだから。人口が70億人になったとニュースに出ていた。人口が増えれば、自然災害で亡くなる人の数が、確率から見ても増えるのはあたりまえだ。私たちは火の玉のようなものの上に住んでいて、長い間何もない方が不思議で、明日死ぬかもしれないから、今この1日、この1秒、生きていることが幸せだと常に思って、死ぬまでは生きよう。

「最近好きなおやつはなんですか？」

えっと、あいかわらずカラメル味には目が行きます。あと、栗はだいぶ気にならなくなりました。カリカリとした香ばしいナッツとカラメルの混ざったものとか好きです。

それでもね〜、本当におやつで好きなものが減りました。ケーキもあまり食べなくなったし。好きだったチョコのミルフィーユもそんなに。たまにかぼちゃをオーブンで焼いたり。ゆでとうもろこしを見かけたら必ず買ってしまうけど……。他にはなんだろう……、ちょっと思い出してみます。

「では、ごはんでは？」

親子どんぶりとか、こしょうの効いた野菜炒め、すき焼き、鯛《たい》茶漬け、しゃぶしゃぶ、玉子ごはん、揚げたての天ぷら（最近あまり食べる機会がないけど）、パスタ、うに、など。いろいろあります。外食だったら、イタリアンか和食の、コースじゃなくちょっとずつ食べられるお店。

「銀色さんには師と呼ぶ人がいますか？」

　私が今までの生涯を通じていちばん学んだり、感銘を受けたのは、本からです。実際の人や出来事からもその時々に学ぶことはありましたが、私にとっては本がいちばんです。今でも、そうです。時々、これは、という人（本）に出会い、そういう時は入手できるその人の本をすべて読みつくします。そしてその人の考え方の大きなよりどころや、雰囲気みたいなものを感じ取ろうとします。本はその人が亡くなっていて

も生きていても、その人の考えを伝えてくれるので、まるで今、目の前にいるように興奮しながら読んだりします。自分にとって出会うべき時期に、その本（知識）と出会うのだと思います。前でも後でも入ってこないのだと思う。なので、これから先もどんな人（本）に出会えるのか楽しみです。

「どういう人が好きですか？」

自分の個性を表している人。自分の人生を生きている人。好きなことをしている人。自分が好きだと思うことをしている時がいちばん幸福だということを知っている人。自由な人。偏見のない人。何によっても束縛されない人。そういう人は自分の価値観を持っていて、人の言うことを本当には気にしないし、人を尊重するし、思いやりがあると思う。

「どういう人が嫌いですか？」

嫌いというか、これだけは煮ても焼いても食えないなとさじを投げるのは、頭の悪い人。

性格の悪い人、意地悪な人などは、嫌だけどしょうがないと思えるし、いつか自分で気づくだろうと思うから放っとけばいいと思える。頭の悪い人、つまりものごとを理解できない人は、自分のなにがどういけないのか、それすらも理解できないので、改善の余地がないという点でお手上げ。関わるすべての人の時間の無駄になるということが、虚しい。私がどうしようもないと思い、危険すら感じ、気づいたらすぐに離れようとするのは、そこまで思うのは、このタイプのみ。本人の自覚なく問題を引き起こす可能性がある。人はよかったりするので、まわりの人も被害にあうまで気づかないから、普通ありえない不思議な流れによってこちらが加害者になる危険性がある。

それ以外はすぐに離れなくてもそれほど問題はないと思えるほど、際立ってそう思う。

「家庭とは？」

他人が一緒に暮らしたり、それほどの近さで一緒にいて人と人とが関わると、どの家庭も多かれ少なかれ密教のような要素を持つと思う。そこだけで通用する法律を持つ、小さな独立国のようなもの。だから子どもが成長してその独立国から社会に出て行く時に社会との間や、母親との間で問題が起こるのも当然といえば当然。法律が違うから。

うちって変？　と思った子どもは多いと思う。

「神様がいると思いますか？」

人間みたいな形の神様はいないと思うけど、すべてを覆う秩序みたいなものはあると思う。すべてのものの内にひそむものとか。それを神と呼ぶなら呼べそうだと思う。

「男と女の違いは？」

男の人って性欲に翻弄されて気の毒だと思うことがある。動物みたいだと思うけど、しょうがないんだろうとも思う。本能なのか。世の中をみて一番思うのはそれ。犯罪とか商売、商品、男の人の性欲がらみのが多いので。それを正当化している男目線のテレビ番組や映画や雑誌が多く、特にお笑い番組で、女子よ、そこで笑っちゃだめだよと思うことがある。

「ネット社会をどう思いますか？」

最近の世の中の変化で、景気が悪くなったり物が売れなくなったりお給料が減ったりしているけど、ちょっと前まではすごくお金がかかっていたものがタダで手に入るようになっていることを考えると、逆に儲《もう》かっていると言ってもいいほどだ。ある意味。それは情報と時間。なにかを調べよう知ろうとした時に、前だったら本屋や図書館や経験者を探さなければならなかったけど、今は世界中の人が情報をタダで提供してくれる。選別する目は必要だけど慣れれば何をピックアップすればいいかわかってくるし、どれくらい信用すればいいかもだんだんにわかってくる。時間の短縮もとても大きい。わざわざ本屋や、会いにいかなくてもいい、買い物も家でできる。それで浮いた時間は膨大な量になるはずで、それをちょっと前と比較すると、1日が50時間ぐらいになりそう。いや、世界のことでも経験者の生の声をリアルに聞けることなど考えると価値はその10倍も100倍ももっとかも。……と思うのも今だけで、すぐにこれがスタンダードになって、もっとどんどん加速していくのだろう。ここ数年は不思議なお得感を感じられる時期だった。そしてそのせいで失くなった職業も多いんだろうと思う。経験をタダで提供してくれるので経験を売っていた人は仕事が少なくなるだろうし、ソフトが代わりにやってくれるものもそうだし（複雑な専門的な計算など）、CDも映画もテレビも本もタダで見ることができたりする。私も旅行の情報はネットで調べるし、確定申告はソフトを買って自分でやってるし、YouTubeはあまり見ないけど、子どもはお笑いのテレビを見てる。でも、旅行のガイドブックは買わないというわけではない。いろいろ調べて最後は地図など形で持ちたいから、場所を決めたらガイドブックを買う。

iPhone（スマホ）が出てきていろんなものが先細りつつあるというけど（デジカメ、

ムービー、ナビ、ゲーム機、メモ帳、テレビなど）確かに、これ1台ですべてができるというようにどんどん統合吸収されていく様子は、アメーバがどんどんまわりの小さい粒を飲みこんでいくのに似ている。

ネットを活用する人と興味のない人との差もひらいていくかもなあ。ますます心のケアが大事だという気がする。知識だけがふえて現実や生身の人間に対応できない人も増えそうなので。実感のある信頼できて力強くあたたかいもの。そういうものがより重要になると思う。

あ、あと、最近思ったのは、ネットで情報を得てると疲れる。なぜかじっくり見た後、気持ちが沈む。本や手紙やものから受けるいい気持ちがない。それは、なにか理由があると思った。

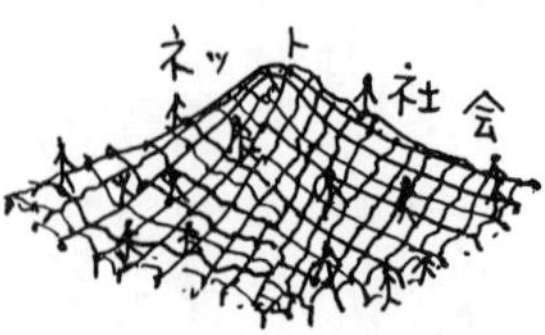

「テレビを見なくなったと書かれていましたが、今でもまだ見てないんですか？」

先月からひとつだけ見始めました。有吉とマツコ・デラックスの「怒り新党」。1時間番組になったという宣伝をたまたま目にして、それ以来録画して楽しみに見てます。どちらにも興味があったので、2人がそろったのでこれはと思い。

私はマツコ・デラックスがなにか聞かれて、しばらく目を細めて考えてる時の表情が好き。この人の言うことで「私はそうは思わない」と思ったことがない。私が見た今までの発言の中で一番好きだったのは「乳母車って言わないの？」だ。

「最近なにかで怒りましたか？」

うーん。うーん。……あ、あの人が嫌だった。だれだか知らないけど私の本を読んで欠点を指摘してそれを直せって言った人。いい感想だけ聞くのでなく、批判や悪い感想も聞いて直すべきだとか言ってた。「批判を聞け」って、政治家じゃないんだから。つまりそれって、「あなたの本は私からみるとこれこれこういうところがよくないので、私が言うように私の好きなように直しなさい。それができたら私はそれを気に入ります」ということだよね。なぜ、私の本をその人の好みに直さなければいけないのだろう。その人ひとりのために。すでに好きだと言ってくれてる人がいて、好きだと言ってくれる人だけに読んでもらえたらよくて、自分の主張を変えてまで読者の数を増やしたいわけではないのだから。私の本が嫌いなら私の本を読まなければいい。その人はその人が気に入るような本を探せばいい。私の本を嫌いって言う人には、私もあなたのことを好きじゃないと言いますよ（私を好きじゃないって言う人には、会ったこともないのに、と）。

「いつも突然、行動されます。決断力がすごいのかなと思いますが、どうしたらそうなれますか？」

人の行動って、考える期間があって、決断する瞬間をむかえ、実行に移す、というふうに分けられますよね。私は考える期間はわりと長いと思います。心の中で結構いろいろ考え、シミュレーションしています。その時はあまり人には言わないです。そして、行きつ戻りつしながらずいぶん長く考えて、ある時、何がきっかけかはわからないけど、決断する瞬間をむかえます。私はその決断から実行までが早いんです。決断までは時間をかけ、いったん決断したら、実行は早い。そして考える期間に人に相談しない。なので突然のように感じられるのかもしれません。考える期間にいくつかの提案や改善策などを実行しているのでその間に状況が改善されればそれでいいんです。改善されないということが確実にわかった瞬間が決断のタイミングなのだと思います。「改善されないということが確実にわかった」と言えることが、決断力なのかも。

私の行動（始めるとか、別れるとか、やめるとか、離れるとか）に驚いた人は、まさかそうはならないだろうと安心しきっていたのだと思う。たとえその前に何度も問題点を訴えられていても。私はいつもその時その時に全力をかけていて、これが最後というような緊張感のある気持ちで生きているので、それを知らずに、今ある状況がずっと続くように思っている人とはやがて自然に離れてしまいます。甘えのような気の緩み、依存が必ず生まれてくるので。

人間関係も間の空気がよどんだら私は息苦しくなります。常に新鮮な気持ちで世の中を見ている人じゃないと。鮮度が大事で、嘘が嫌いで、常に前進しようとしている人のそばにいると（沼や池でなく川のように水の流れが速い人）、ワクワクします。

「銀色さんにとっての幸せとは何ですか」

うーん。……なんだろう。つかみどころがなくて難しいですが、今現在の気分がいいかどうか、ですね。というのは、同じ状況にあっても、その時によってとても落ち込んだり、とても気分がいいことがあり、つまり環境には左右されないんだなと思ったからです。では何に左右されるのだろうと考えたのですが、それがわからないんです。幸せだと思ったり思わなかったりが常に繰り返されています。

「銀色さんにとって恐いものはありますか」

底なしの恐怖感みたいなものを感じるといえば、とても気分が沈んでいる時、夢うつつで悪夢を見た時かな。現実世界にはあまりないような……。

「寂しいという感情をどうしたらよいでしょう。もう諦めるしかないでしょうか」

うん。それは人間だれしも持つ感情です。普通ですよ。

「今現在、ありがたいことですが特に悩みがありません。そんな中で、平和ボケをせずに心を高める秘訣などありますでしょうか」

うーん。心を高める秘訣。わかりやすいので言うと、どんな時もそうですが、人の悪口を言わない。批判しない。判断しない。

「許せない人がいます。今その人とは関わりがないのですが、何かの拍子（小説で似た人が出てきたり、季節の変わり目など）に、ふと思い出して怒りが湧いてきたりします。いつか許すことはできるのでしょうか」

ああ、あるある。本で似たような人を見て思い出すこと、私もあります。私もいつまでも怒りを感じることがありますよ。でもいつか許す、というかだんだん感情が薄らいでいきますよね。昔自分が書いたものを読んでて、ものすごく腹が立ったみたいなことを書いてるのを見ても、まったく思い出せなかったりします。何かの拍子に思い出すのって、本当に気にしてる時ですよね。ははは。あるある。今もいるもん、そういう人。

「性格に裏表のある人がいます。どういうふうにつきあったらいいですか。治せますか」

裏表があるって……、表の顔と裏の顔が違う、みたいなことだよね。それがわかってるんだったら、裏表があるということを常に意識してつきあう。今ここでこう言ってるけど、他の人といる時は違うかもって思いながら。そうすると一緒にいてもおもしろくないので、必要最低限しか接しなくなると思う。個人的に親しい間柄でなければ、その人が変な人でもそう気にならない。治せますかには、治せない。本当にその人の人生をかかえるぐらいの気持ちで取り組むなら、可能性はなくはないと思う。

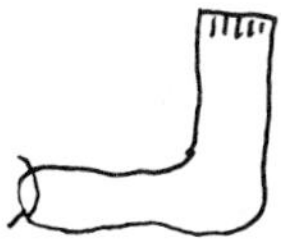

「日本もしくは日本人のよいところは何だと思いますか。日本もしくは日本人にまだまだ足りないと思う部分はありますか」

はあー。日本、ねえ。よいところ。たくさんあると思いますよ。人の意を汲《く》むところとか。以心伝心。ひかえめなやさしさ。足りない……、成熟さ。

「差別はなぜ起きるのでしょう。古今東西、人種間、男女間、子供たちの間でも存在しています」

生まれた時からずっと周囲から自然に植え付けられた社会的な構造、枠組み、決めつけ、先入観のようなものにからめとられているとそういう考えになりがちになる。その枠組みは正しいのかなといつか人生のある時点で疑問に思い始めた人は、そこから抜け出て新しいものごとの捉え方ができるようになる可能性がある。そういう発想の転換。悩んだり苦しんだり、大きな事故や事件があったりして、なにかあるひとつのことを掘り下げて考える機会を得た時とかが、その考えるきっかけになったりする。

自由への扉です。

「うつになる人が増加していると聞きます。なぜだと思いますか」

よく聞きます。自分のやってることが自分の本来の道とずれてしまった人は、だんだんそのずれが大きくなって行った時に、そういうふうになりそうだなと想像したりしますが、人それぞれにいろんな理由があるのでしょうね。理由は深いところにありそう。

私もよく気が沈みますよ。うつ病というのはどこからなのかな。

「死の恐怖とどう折り合いをつければよいでしょう」

私は前に書いたように、その恐怖を魂は死なないと思い込むことで乗り越えることにしました。その思い込む度合いが強くなればなるほど恐怖心は薄れて行きました。今でも怖くなる時はありますが、前ほどではないです。自分が怖くなくなる方法を自分でつかむことです。人によってほっとするもの、腑《ふ》に落ちるものは違うでしょうから。宗教も哲学も芸術も、そのことを考えた人々のひとつの結果ですよね。

「銀色さんの書く会話のリアルさが凄《すご》いと思います。『うん』だけで、その人が浮かんでくるようで。メモをとったりなさらないとのことですが、文におこす時はどんな感じで取りだすのでしょうか」

ものすごく印象深い言葉はとっさに書きのこすことはあります。それがあるほうがいいのですが、それもできない時は、私の印象、感じたことを主に書きます。正確じゃなくても、印象的な言葉をこういうニュアンスだったと思い出しながら書く。

まず私は興味のある人としか話さないので、人と会って話す時はかなりまっすぐに全身全霊でその人を感じようとします。その人を知りたい、とらえたいという情熱が、把握するエネルギーになっているのだと思います。全身全霊で感じようとすると、かなり感じとることができるので、それを思い出しながら書くと、その時の雰囲気がそこに閉じ込められ、読む時にそこに立ちあがる。

「エクトン氏のチャネリングの体験をしたり、エリック・パールさんのヒーリングのあと、何かここから違ったということはありますか？」

変わったようなことは、特にはないですね。いつもとても興味深く体験させてもらっていますが、それによって変えられるということはなく、その体験で感じたことを考え方の参考にしたり、自分の力づけにしたりしています。

「カメラは何を使っていますか？　こだわりは？」

今は、ＬＵＭＩＸのコンパクトなデジカメ。１〜２年で壊れるので買い換えます。こだわりはないですね。どのカメラを使っても、なぜか自分らしい写真になるので。

「写真を撮るときに、意識していることは？」

ないです。ただ、あ、きれいだなとか、好きだなと思った時にカメラがあれば撮る。なければそのまま。

「カラオケはしますか？　得意の歌はなんですか？」

まったくしません。ありません。

「好きな歌はなんですか？」

今は歌は聴いてないです。聴くには時期があります。

「何の音が好きですか」

雨の音。

「好きな人はいますか」

いません。

「恋愛中（ピーク時）でも詩を書いていましたか」

……書いていたと思います。が、数は少なかったと思います。どうだったかな。覚

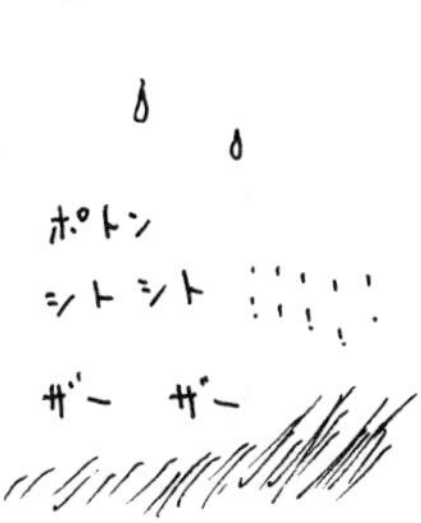

えてない（笑）。

「恋は愛の途中といいますが、愛の中に、愛になった時の中に、恋があるようにどうしても思えません。どう思われますか？　私は銀色さんの恋の話が好きです」

恋は愛の途中というか、愛って大きくて広いものだとするなら、恋は恋で、また別のものだと思います。恋は（特に若い時の恋は）、どちらかというと性欲じゃないかなって思います。ひとめ見てドキッとしたとか、好きな顔とかタイプって動物のような、本能のようなもの。好きな匂いにひかれる。犬同士のような。

で、男女間の愛、愛情は、それがなくなってから育まれているかどうかがわかる。愛は共に育むもので、一緒に何か作り上げていくのに似ていると思う。手作りの（人生という）山小屋や（人生という）公園や（人生という）遊園地みたいなものを作る。計画を立てて、アクシデントにそなえ、困難を乗り越え、問題や苦しみを共に抱え、しあわせを喜び、さまざまなことに感謝する。そういうことを一緒にやっていきたい、いける人と築く作業。

私は、私の人生のパートナーについて今の私が思うのは……、もしも私が、この人はすごい！　と思う人に出会ったら、その人がだれであれ、私はその人を離さないと思うんです。そこまで思えれば。そういう人に今まで会ったことはないんですけどね。そしてそういう人だったら私が今までに難しいと感じていた男女の関係性をやすやすと乗り越えるというか、問題にならないと思います。ということは、その人やその人の考え方が今までの常識を超えているということ、新しいユニークな考えの人ということです。たぶん、私が気に入る人との私たちのつき合い方は、人々に新しいものを提示すると思います。

もしいたらですが。いなかったら、それでいいです。とにかく、今、世間に一般的にあるような関係性は私は全然自分に向かないと思うので、そういう既存の男女の形に自分を無理してあてはめて、人と比べて自己嫌悪に陥るようなことはしたくないです。まったく魅力を感じないんです。よくある男女、恋人、夫婦関係に。あまりにも感じなさすぎて、違う生き物かなと思うぐらい。

ということを50年生きてきて、思いました。

人生という…

「銀色さんは、先生と呼ぶよりも、(私も含め)はぐれ者たちのリーダー、ボスという気がします。はぐれ者たちが思う心を表現する人というか」

そうなんですよね。私もそう思います。たぶん……私が子どもの頃に人みしりで自分の思うことを話せなかったり表現できなかった時、いろいろ思っていたことがあったので、それが基礎になっていると思います。どうしてこの人はこんなこと言うんだろうとか、そういうふうにしない方がいいのにとか、もしも私がはっきり口に出して話せる性格だったら今こういうふうに言いたいとか、とにかくたくさんのさまざまな思いがありました。言えなかったたくさんの思い、考えを今こうやって書くことができて、それを読んでもらえることがとてもうれしいです。今も直接には人に言えないし。

どうしても言いたいことがあってそれを伝える、どうしても見せたいものがあってそれを見せる、それが表現の基本ですよね。それがない表現活動、たとえば有名になりたいとか、お金持ちになりたいとか、注目を集めたいとかっていう自分のエゴを満足させることが動機の表現は結局、誰の心も打たないのだろうと思います。必要とされない。多くの人に必要とされるということは、多くの人が求めるものを提供しているということなんですね。

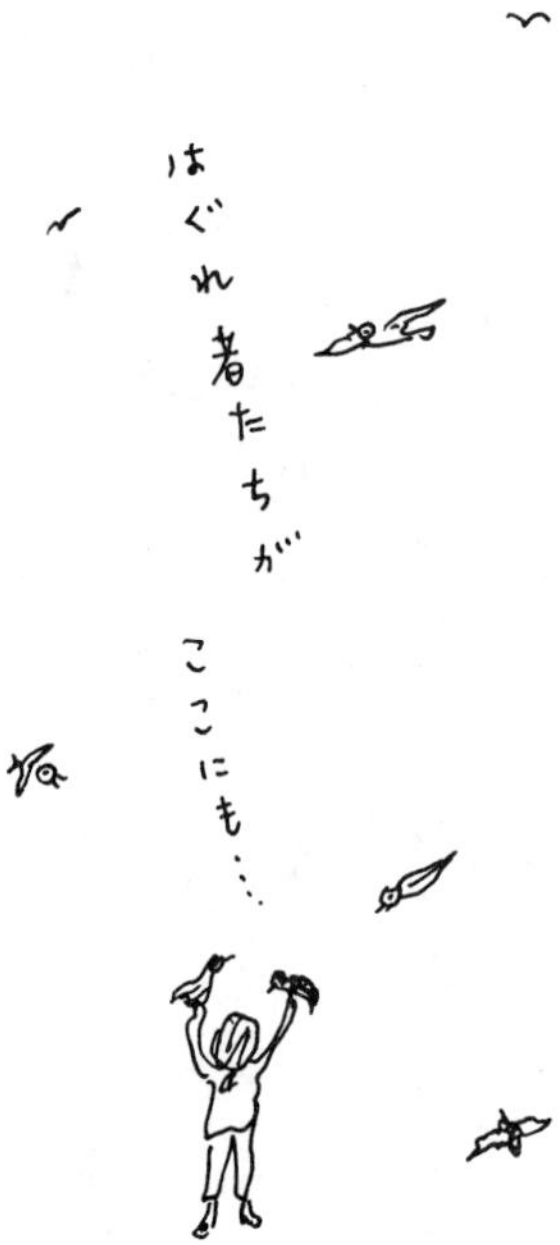

「友だちが増えません。今、たまに会う友だちが４人ほどです。どうしたら友だちができるでしょうか」

ハハハ。実は私も友だちはそんなに多くないですよ。いや、いないわけではないけど、どの人も尊敬してというか、ちょっと緊張してつき合っているので、なんか気分がむしゃくしゃした時に愚痴を聞いてほしい、みたいな友だちはもう今はいないです（若い時はいましたけど）。その日、急にメールして会ってと言えるような、近い人は……、いません。なんとなく寂しいけど、たぶんそういう関係が自分にとって居心地がいいと思ったのだと思います。でも、急にメールしてもその日に会える新しい友だちが、いつかできるかもしれないと思ってはいます。

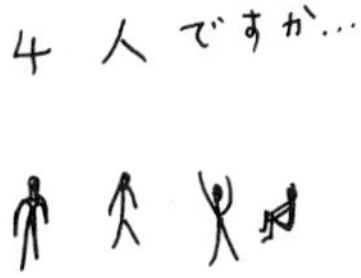

「世界が崩壊するのではないかと思い、怖いです。自然現象でも、人為的にも」

うん。いいニュースがないしね。前途に明るい要素がない。
でも、だからといって暗くなって悲観的になって意欲を失くすのはもっと悪い。この地球が滅亡するとしても、この目の前の景色が崩れ落ちて足元がなくなるぎりぎりまで人は目の前の仕事を淡々としているのだと思う。落ちながら最後まで淡々と働きましょう。みんなで。
それに、「大丈夫、変えられる」と楽観的に思えたら、そうなりそうな気もします。人は好きなことをしたり、好きなやり方でしたり、いろいろと選択できます。好きなことができなくても、嫌なことでも好きなやり方はできます。

ものごとを悲観的に受け止めない、できるだけ可能な限りポジティブに受け止められるように心がける、それは自分への挑戦だと思います。ものごとや人を悪くとらない。嫌なことがあったら、そこにはなにか理由があったのだと想像する。その理由は何だろうと。どこまでも想像する。納得がいくまで掘り下げてみる。

そうすると人や出来事の悪口は言えなくなり、それよりも世の中のものごとの仕組みや成り立ちの不思議さに感動するはず。ひとつひとつをそこまでつきつめることができれば。

そのためには、嫌なことの理由を考えることを避けずに、それに向かい合うことです。思考停止するのではなく、その奥に一歩、二歩、分け入ってください。

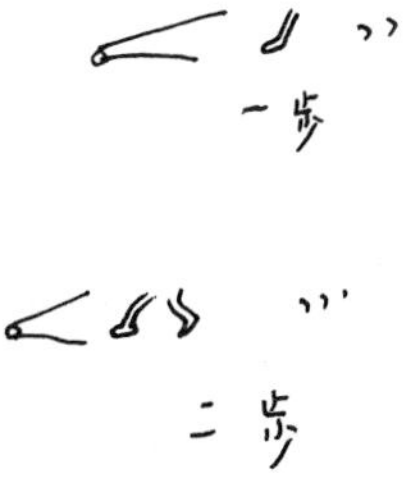

「私は病気が怖いです。自分や家族が重い病気になるんじゃないかと思うと不安になります」

私もよく、ちょっとした体の異変を感じた時は、最悪のことを考えものすごく暗くなります。想像力が人一倍あるので悪いことを想像する時も並々ならぬパワーで想像してしまうのです。でもたぶん、もし自分が重い病気になったら、最初はとてもショックだと思うけど、それを過ぎたらもうあきらめて冷静というか、やるべき準備を済ませて、先を見ると思います。生きている間にやらなきゃいけない雑事を済ませるとか。

ま、急な事故や病気の場合はしょうがないですけどね。考えて不安になることはなるけど、それも最小限にとどめ、それ以上の自分の手に負えない自分の病気や事故に対しては、もうあきらめます。

家族や身近な人の病気や事故についても時々考えますが、それもあまり考えると暗くなるので、そういう時は、「私もみんなも自分の人生に起こることすべてを自分で計画して生まれたきたんだ。これも計画通り。そして死んでも死なない。死んだあと、またみんなに会える」と無理にでも思い込んで気持ちを切り替えます。

「古い体制がどんどん壊れそうになっていっているような気がします。それでもしがみついている人が多いので、その分、血が出ているような」

自分だけ助かりたいと思っているような、既得権益にしがみついているような人はものごとを変えようとしないですよね。でもそれで済んでいたことも時期が来れば終わって、そういう人もろともバーンと崩れざるをえないようなことになるのではないでしょうか。柔軟性のある人はこの時期を乗り越えやすいと思います。大事だと思っていたものを、これも、あれも、なくなってもいいやと切り換えられる人ほど。

「好きなことを仕事にして生きていきたいのですが、無理そうです。あきらめた方がいいでしょうか」

好きなことを生活の糧にすることと、好きなことを生活の中にとりいれて生きること。好きなことをやって、それで生活費を稼ぐ。生活費は他のことで稼いで、好きなことは趣味でやる。どちらもいますね。

たとえば絵描きになりたい人。絵で生きていきたい。でもそれはかなり確率的にむずかしいことはわかっている。でもできている人もいる。

たとえば歌手になりたい人。歌を歌って生きていきたい。でもそれはかなり確率的にむずかしいことはわかっている。でもできている人もいる。

その人によってここまではがんばろうという限度があると思う。バイトしながら絵を描いている人。役者になりたい人。このままこの生活を続けていて絵（役者）で食べられるようになるかはわからない。今はいいけど、この先どうなるだろう。チャンスに出会って展開があるかもしれない。そういう例もある。自分には才能があると思う。ただチャンスに恵まれないだけ……と思いながら生きている人はいるだろう。先のことを考えると不安になる。このままだと普通に結婚もできない。高い買い物もできない。でも、希望を捨てられない。……そういう人は、とことんやったらいいと思う。人の言うことをきかないで、自分の気のすむまでやったらいいと思う。自分のかわりになる人はいないのだから、自分が納得しないことをしたら、自分がいやなはず。そして責任も自分でとる。つまり、自分で決めてやってることだから後悔はしない。人も、こういう人に不安をあおるような助言をするべきじゃない。好きでやってるんだから、今は好きなことに向かっていて、その人はそれを選んでいるのだから。忠告などよけいなおせっかいだ。そして、もしやめたくなったら、自分でもうやめようと自分から感じた時にその人はそうするだろう。やめないと決めた人はそのままその姿勢をまっとうして暮らしていくだろう。それでいいと思う。だれも人の人生に口を出すことはできない。人は自分の人生だけを考えればいい。他人の人生をいいとか悪いとか言う資格はない。自分で考えて、自分の感覚で生きてほしい。

人の助言は当てにはならない。なぜなら人にもわからないから。

自分のためにあなたの生き方を変えてほしいと言う人がでてくるかもしれない。この人のために生き方を変えようと思うような人がでてくるかもしれない。その時は、そう思ったら、そうすればいい。そして自分で選択したら、その選択に関しては決して悔やんではいけない。人のせいにしてもいけない。きりがないでしょ。

とにかく今この瞬間も、一瞬一瞬を自分の選択で人は生きている。どの人も考えることは自由で、行動する主体は自分だ。選択の余地がないといっても、なくはない。狭いように見えるなかにも限りなく選択肢は実はある。選択肢がないと言う人は、そ

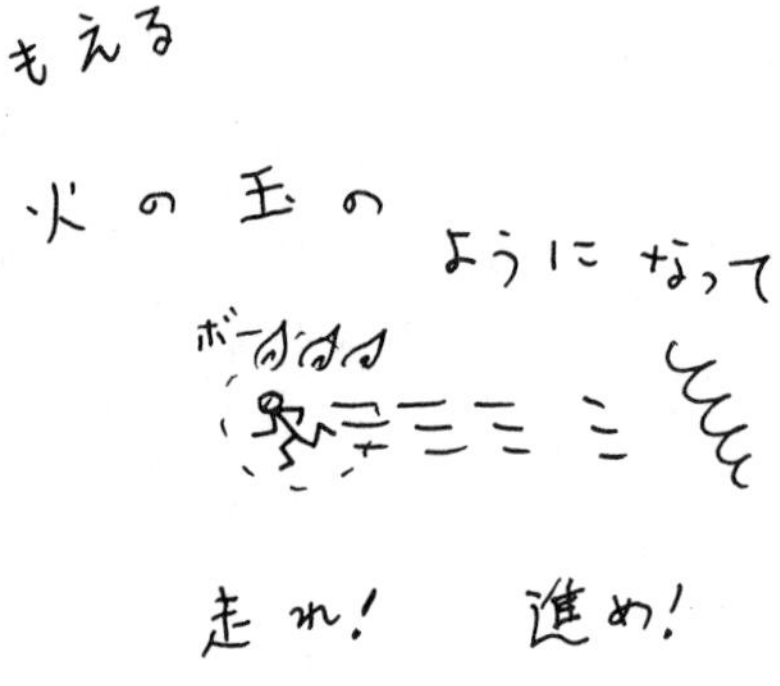

こをミクロに見ていないだけだ。よーく、顕微鏡で見るようにして自分の選択できる範囲を見てみるといい。オプションは無数にあるはずだ。今この瞬間にだって限りなくできることはある。

「好きなことをして生きていきたいけど……」と言葉にしているような人は甘い。本当にそれを考えている人はすでに、できることから行動している。

さあ、やりましょう。

「犬ではどんな犬種が好きですか」

よくぞ聞いてくれました。私は最近、ドッグトレーナーの番組や犬がでてくる映画などを食い入るように見ていて、犬のことを頻繁に考えていました。犬……。かわいい。犬をまた飼いたくなった。でもダメ。犬を飼うのは私には向かない。犬を調教するのは旦那の調教と同じだと言われる。私はどちらも苦手。しつけができない。でもチワワのあのびくびくしたような姿やパグのぶってりとはちきれんばかりの固太りの横っ腹。……かわいすぎる。

ああ、犬がいたらかわいいだろうなあ。でも、無理。毛が抜けたり、爪を切ったり、お風呂に入れたり、トイレトレーニング。考えると無理。そしてご主人様をまっすぐに見つめるあの瞳。誠実で無心なあの瞳。……無理。

私は部屋の壁に雑誌の切り抜きを貼っている。ものすごく太った猫があおむけになっているところ。足を曲げトイレシートにおしっこをしている大きな細い犬。きちんとおすわりしてご主人様の言うことをきいているレトリーバー。絵描きのご主人様の傍らに寝ころがっている犬。どれもムカムカするほどのかわいらしさだ。

ああ。（で、答えは、チワワ）

「成功の秘訣とはなんでしょう？」

うーん。ここで言う成功って、一般的な意味でとらえたらいいんだよね？　仕事がうまく回るとか、業績があがるとか、人々に貢献するとか、収入が増えるとか。

そういう意味で考えると、才能と社会性みたいなものかなあ。才能と運とかってよく言うけど、運よりも社会性の方が近い気がする。才能は、生まれつきないと無理って思うかもしれないけど、それがすごく好きとか情熱があるというのでもある程度までは置き換えられると思う。そして社会性。常識やものごとの理解力、コミュニケーション能力など。才能があるけどまったく社会性がなく、人と意思の疎通がうまくできない、コミュニケーション能力がない、という人はやはり難しいと思う。なにしろすべての仕事は最後は人との関係だから。だれにも関わらずに山の中でひとりで暮らす人はどうなんだろう……。でもその場合は、人よりももっと繊細に「自然」というまわりの状況からいろいろなことを把握する能力が必要になるだろう。ここで思い出したけど、ある人がいて、その人はどうもいつも仕事がうまくいかないらしい。そしてその理由を、「自分は〇〇だから」と言っていた。性格上の欠点。短気とかせっかちみたいな。だが、私が思うに、そうではなかった。そうじゃない。状況を把握したり、人の気持ちを汲む能力がない人だなと、私はその人を見てて思っていた。その人はダメな理由を自分で取り違えているので、改善するわけがない。東に道をそれてるんですと言いながら西に西に進路を変更しながら進んでいる人のコンパスが間違っていたら？　もともとの判断がまちがっていたとしたら永遠に目的地にはたどり着かない。……そういう人はけっこういる。そのためには、自分に対する「人の言うことをよく聞く」ことが大事だと思う。「人の言うことをよく聞け」とはよく言われることだけど、本当にそうだ。実は人は人のことをそんなに丁寧に注意してはくれない。面倒だから。でも時々、本当に時々だけど、真のアドバイスを与えてくれる人がいたり、そういう時がある。人生でここは大事な局面というのはわかるだろう（それすらもわからないという人はもうあきらめて漂ってもらうしかない）。自分が信頼している人、自分の親身になってくれている人が自分に耳の痛いことを言った時は、心して聴くべきだ。そうできる人は可能性がある。

私は、長い間「自分はこうだ」と思いこんでいたことを、「いや実はこうかも」と衝撃的に思い直すことがたまにある。長くどうも変だな、思ったようにならないなと思うことを考えている時、もしかして私は私が思っているような私じゃないのかなと考える。そして、たぶんそう（私は私が思っているような私じゃない）なのかもしれないと思う。そう思うことはうれしくないことだ。じぶんを甘やかし、甘い夢を見る、とは逆のことだから。つらい現実を見るとか、夢を見ない、ということだから。でもそうやってうすい膜のようなものを一枚ずつ剝《は》いでいくことで、気持ちは静まっていく。甘い夢を見ないかわりに納得できないというあせりがなくなる。自分をありのままに、等身大で受け入れることができるようになると、とてもおだやかな気持ちになれる。

話がそれちゃった。で、成功の秘訣。

いろいろと現実を生きてきて、いろいろな人を見て、いろいろな出来事を経験し、生きてきた年月が増えていくと、いったいなにが幸せかと人は思うようになると思う。

幸せってなんだろう。幸せという言葉を分析してもしょうがない。幸せを感じる気持ちは今にしかない。いつも、今、どうかが大事になる。今は今にしかない。記憶できる範囲の中で、私は、今、幸せ（……までじゃなくても、まあ楽しいなとか、悪くない）と思うことの割合と、憂鬱や暗さや沈み込みや苦悩を感じる割合がどれくらいかということだろう。最近の私は沈んでる時間の方が多いので幸せだとは思えない。でも24時間ずっと沈んでいるわけではない。ところどころ平和な時もある。そういうふうに、気持ちはためておけない。幸せな時間を保存しておいて不幸な時にちょっと味わうことはできない。それはすべての人がそう。お金で不幸を回避することはできない。お金や地位や名声や恋愛は不幸を感じることから目をそむけさせる作用があるから、よく人はそれらにすがりたいと思うけど、実際それを持った人が不幸をまぬがれるかというと結局は関係なく、かえって別の悩みの種が増えたりもする。

成功と幸福を混同している人がいるけど、ぜんぜん違うものだと思う。成功には具体的な目標が必要だ。商売で利益がいくら以上あがること、オリンピックに出ることなどなど。目標を達成したからといって、そこで終わりじゃないし、達成感は一瞬だ。

幸福とは、幸福感だ。その幸福感の持続時間の長さが幸福度だ。そう考えると、だれでも常に条件は一緒だということがわかる。この地球上にいるすべての人の中で、今、幸福を感じている人はどれくらいいるだろう。一見とても生活する条件の悪いところにいる人がふとあたたかいひだまりにまどろんで幸福を感じているかもしれない。大金持ちで有名で力のある人が何をしても虚しいと思っているかもしれない。

成功の「秘訣」とは、成功とは何かということを考え抜くことだと思う。

幸せの秘訣が自分にとって幸せとは何かということを考え抜くことと同じように。そうすると、世間一般の価値観にまどわされなくなるだろう。世間一般の価値観というのは実は存在しなくて、まったく反対向きなものも一緒に混ぜて見せているものだ。だれにもあてはまらない架空のもの。ぼわっとした雲のようなものだ。そうじゃなく、自分の人生を自分で生きよう。自分にとって価値のあるものは何かを知って、それのために、それを支えに生きよう。そうすると充実感が得られるだろう。
……あれ？　またこんな訴え口調に。

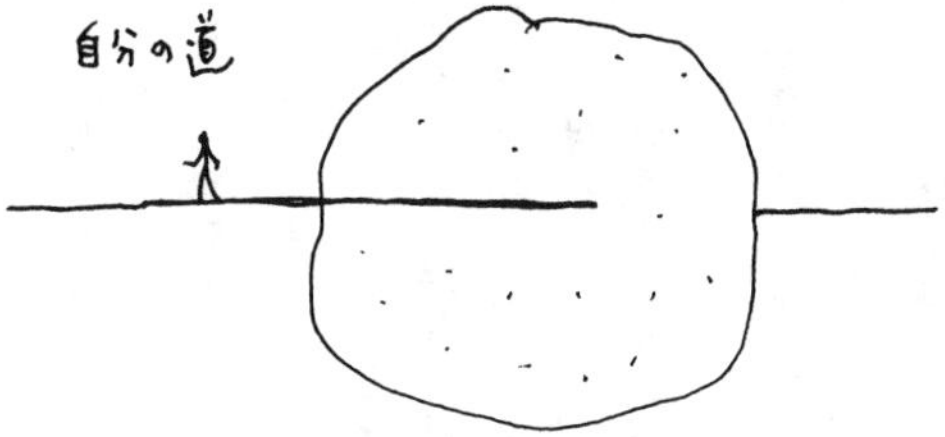

「銀色さん、ダメな部下にひどい目にあってます〜(泣)」

私もちょうど今、部下じゃないけど、ひどい目に。

いい人かと思って、いいふうに見ようと努めて、あれっ？　と思うことがあっても見逃して来たのだけど、やはりダメな人だということがわかったという話。

はっきり言って、その人のやってることは誠実ではなかった。相手の立場に立ってものごとを共に進めるという姿勢じゃなかった。どこか責任感のない、甘えた雰囲気だった。でも、きりきり追及してもいけないと思い、許してしまってた。そしたらこまできてしまった。そしてついにこのままではきちんと仕事をしてもらえないということが、相当なところまできてはっきりわかり、それ以上関わることをやめることに決めたのだけど、そしたらそこでも、こっちの身になって考えてくれなくて、やってくれないと困る作業を全然やってくれなくて、こっちはやきもき。期限が過ぎたら金銭的なダメージをこちらが被るという状況なのに、その期限に間に合うように作業を進めてくれないのだ。

意地悪？　と思った。

ああ。困った。まだ途中なので、どうなるか。

そう。いろいろな人がいます。私はひどい目にあってもそれをはっきりと相手に伝えられないので、ストレスがたまります。はらわたが煮えくりかえるような目にあっても我慢するところがあり、わずかに丁寧な口調で申し伝えるだけなので、鈍感な人には響きません。私が怒ってる＝人を怒らせてる＝申し訳ないことをした、ということに気づかない人もいます。途中まではよさそうだったのに、途中からいけないところが見えてくる人もいます。本当に仕事ができて信頼できるというのは、しばらく一緒に仕事をしないとわからない。

その人が仕事ができるようになるように、信頼とはなにかということを教える立場にいるあなたにとって、その人とのつきあいは本当に神経をすり減らす過酷な日々だと思います。私の場合、取引をやめればいいのですが、部下となると同じ会社の一員。その関係からすぐに逃げることができない。結婚と同じだ。腹が立っても一緒に仕事をして少しずつ教え込んで、どうにかやっていくしかないんですよね。気の毒ですが、しょうがない。頑張って下さい。そこにもなにかいい点があると思いたいですが。

私の場合、超腹立っても書けないことが多いからなあ〜。書きたいけど、書いたら私が意地悪みたいになるし。なのでそこでも我慢しなきゃいけない。いろいろと……。でも多かれ少なかれ、多くの人がそれぞれにつらい気持ちをかかえてるんだよね。それでも変わらず地球は回っているというのが素晴らしい。

「男にだまされました……」


ぷふ。ごめん。

くわしくは知らないけど、そう言えるということはまだいいと思う。それに気づかない人もいる。あ、その方がいいか。かえって。なんか連絡なくなったけど、どうしたんだろ、ぐらいだったら。

それとか、だまされたわけじゃないのにだまされたと思いこんでる人もいる。勝手に勘ちがいして。それじゃないよね？

なんか男女のことって、どっちがだましたのか、だまされたのかむずかしい。あきらかに犯罪って以外は。いったいなにをもってだますというのか。

でも溜飲が下がらないってことをどうするか……。

人と人との関係にはあまりにもたくさんの要素があるので、ここはいいけどこれはひどいんじゃないかとか、どこにフォーカスをあてるかによってまったく印象が違ってくるようなところがあり、それも人によって受け止め方によって違ってくるよね。

人って、いい時はいい夢を見るからね……。

歳をとることについて

最近また質問がこなくなったので、思ってることを書こう。

歳をとって世の中の流行《はや》りがわからなくなったとか若い人についていけないと恥じる大人がいるけど、何を言ってるんだと思う。若い人の流行りなんて大人になったら興味ないしつまらないのは当然だ。若さがよくて歳をとった人はよくないという風潮も気にするなといいたい。若さを維持するのがいいといわれるのはアンチエイジングの商品を売るためだ。いや別にそれだけじゃないけど、歳をとることをなにもかもいけないように脅されて、恐怖心から物を買うのはダメだと思う。いったいそれは本当かと自分に聞いてほしい。世間一般の意見のようにみせて、実はそういうふうに宣伝されてるだけということは多い。歳をとったらいろんなところが悪くなるのは普通のことで、恥じることではない。しょうがないと思う。努力や心がけは大事だけど、あまりにも行き過ぎて恐れを感じたり精神的に自分を卑下したりするほどになるのは問題だろう。

同年齢の人々とは、自分の年齢をそのまま受け止めて、そこまで生きてきたことの苦労や喜びや不思議さを共にねぎらい合いたい。同じ年代の人としかできないことがある。歳をとらないとわからないことがある。本当に人生は幾つになっても未知の世界だと思う。

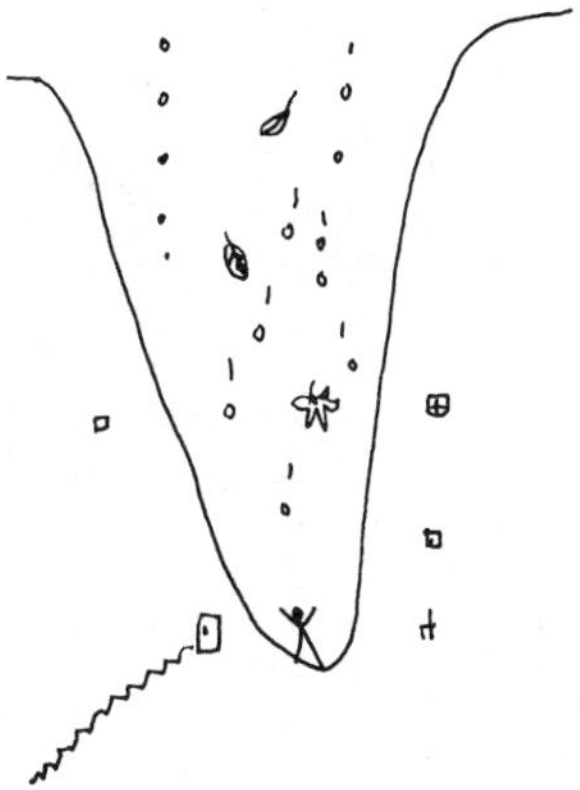

苦手な人

苦手な人はどういう人かと考えた。

どういう人だろう。いろいろと思い浮かんだが、一番は本音を言わない人かもしれない。

本音を言わない人ってどういう人かというと、会っているあいだ中、相手とちゃんと向かい合わず気持ちはよそを向いているとか、うんうんとうなずきながらも心ここにあらずとか、自分の感じたことを伝えようとしないとか、真剣に人の言うことを聞いてないとかかな。そういう人と話していると、泡だらけの丸い石鹸《せっけん》をつかもうとしてもつるんつるんとすべって逃げていくように、手ごたえが感じられない。どんなに一生懸命に話しても、その時間が無駄になる。そういう人といると、まるでだれとも一緒にいないような気持ちになる。

目の前の人を見ているのだけど本音を言わない人もいる。その人は、一生懸命、私の話を聞こうとしていたし、聞いていた。そして受け止めようとしていたけど、その人はしっかりした自分というものがない人だった。自分の意見がなく、自信がなく、それでいて自己愛が強く、保身のためにいつも相手の意向を気にしているような人だった。人に気に入られようと思うばかりに自分の本音を言うということができないような人だった。なので意見や感想を求めると、短い、きれいな言葉しか返ってこなかった。自分の本音がどれなのかすらわからないようだった。私にはうすうす感じられたので本音を言ってないと思った。そういう人は自分が何をしているかがわかっていないので、もがけばもがくほど動けば動くほど物事を複雑にしてしまう危険性がある。わけが分からずただむやみに暗闇の食器店の中を走り回り、棚にぶつかり、ガラスのコップを割っていくような。

本音を言わない人はたぶん、本音がないのではなくて、自分の本音を言えない状況が長く続いたせいで、どんどん自分でも自分の気持ちがわからなくなってしまったのだと思う。自分が本当に思っていること、感じていることを素直に伝えるという、その一番大切なことができない状況に置かれ、自分の気持ちを抑えることに慣れてしまって、もうそれがどこにあってどんなだったかさえも思い出せないほどに。その状況はとても苦しかっただろうと思う。

本音を、自分の気持ちを素直に伝えられなくなってしまった人を見て、私は虚しさを感じるしかなかった。とても、私のこのちょっとした知り合い程度の仲ではそれを改善できないとわかったから。いつか、だれかに、どこかで、それを解きほぐしてもらえることを願うしかない。もしいつか私がそういう人と親しくなる機会を得たら、その人の心の奥にまで入ることを許されたら、奥まで入ってかたまりをほどくお手伝いができるかもしれない。でもそれも相手が許さないとダメだから、そういう人と親しくなったらの話。それも縁か。

うん？　でも、果たしてそういう人を目の前にして、私は奥まで入っていこうとするだろうか。わざわざ。……しないかも。ああ、この人は自分が好きなんだ。性格がねじくれてて素直じゃないけど、本人がそれでいいと思ってるんだからそのまま邪魔しないようにしよう。でもそういうところが私は嫌いだから一緒にはいられない、と思いそう。

うーん。人とじっくりと向き合って相手の、ひいては自分の欠点を直すような関係を維持すること、それが人と関係を持つということなのかもしれない。そういうことに興味がなくて私はあまり人と関わりを持たないのだろう。でもそういう関係を維持できる人は、そこからそれ以外の何か利点を得てもいるはず。

結局、どこに自分の興味の的を当ててるかということかな。

それを人々は自分で選択してきているはずで、今のその人そのものがその人が生まれてから選んできたものの結果で、今のその人を見ればその人のすべてが現れているということで、だから本音を言わない人が私は苦手なのだ。自分が選択した結果である今の自分を認めていないというところが。

新しい質問が来ました！「いかにもＯＬらしい質問です」とのこと。ほんとだ。

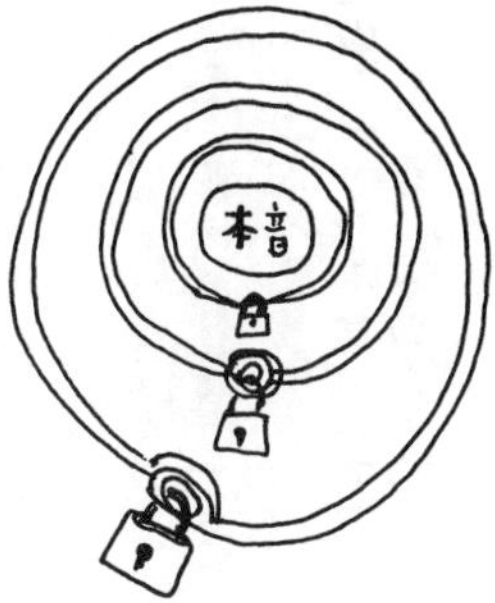

「どうして、大阪市長選、橋下さんが勝ったんでしょうか？」

わかりません。

「円高が続くと日本は本当に駄目になるんでしょうか？　円が強いのはいいことだと思うのですが」

日本がダメになるのではなくて、それによってよくも悪くも影響を受ける部分があるということだと思います。どこがどういうふうになるかは経過する時間によってはっきりしていくのでは。円が強いことでプラスもマイナスもあると思いますが、それはその人が円とどの部分で主にかかわっているかで違ってくる。揺れる小舟の上で翻弄されるばかりというのもしゃくですが、個人でできることとしてはリスク回避ぐらいでしょうか。

「心の病で休む人が増えています。そういう人を猾《ずる》いと思ってしまうのですが、どうしたらいいですか」

猾いと思ってしまうことを?……私にはどうもできない。

「会社のおじさんたちは会社のお金で飲み食いして、いっこうに家に帰りません。会社のお金で飲み食いしないで、さっさと家に帰って欲しいのですが、どうしたらいいですか」

どうもできない。

「さぼってるおじさん上司に我慢がなりません。高い給料をもらってるくせに。どういう心持ちでいたらいいでしょうか」

無の。

以上。気の利いたことはなにも言えませんでしたが、この方のまっすぐな熱い憤りのようなものをひしひしと感じました。「まあまあ、一杯、ぐいっと……」と、彼女にお酒でもすすめたい気持ちです。

質問もぱったり来なくなった……。どうしよう。しょうがないから、だらだら思ったことを思いつくままに書こうかな。

私だったらこう考える　―自然発生編―

今回私は、怒る気持ちを書き綴ろうと思ってこれを始めた。でも、いつも思うけど、たったひとつの要素からだけで成り立っている出来事というのはない。あるひとつの出来事には無数の側面がある。おおかた、腹が立ったり怒りを感じる出来事でも、細かく分け入ってみると、相手の言い分や自分の弱みもあるものだ。その弱みにつけ込んで反論する人もいるけど、それはまた違う。

パッとみて、だれが見ても悪いと思われる方はやはり悪いんだからそれは認めなければいけない。小さな言い分、でもあれがああで、あの時こう言ったじゃないですかという言い訳は、それと自分がやった悪さと比べてどれぐらいのものかをちゃんと把握してその割合に見合った文句を言ってほしい。100ぐらいの悪いことをしておいて、5ぐらいの言い分を鬼の首をとったかのように主張する人がいるが、それは間違っている。

でも、クールなこの世の中。ミスしたら即、有無も言わさず首、という風潮もある中、叱ってくれる上司や仕事仲間は貴重でありがたいと思う。怒られもせずに理由も知らされずに切られることもあると思えば……。

私が最近よく聞く困ったさんは、怒られる意味がわかっていない困ったさんだ。そういう人は対処のしようがない。自分がやったことがどういう意味を持ち、相手にどういう風に受け取られるかがわかってない。そういう感覚は生まれてから子供時代を過ごし学生時代を過ごす中で、経験し、痛い目にあってだんだんに身につく人間社会の常識のようなものだ。それが20年以上も生きてきて身についていないということは、これからわかるようになるかどうか。30年、40年生きてきてもそういう対人関係における常識的感性を持っていない人もいる。そういう人はまず、仕事が（人生が）いつもうまくいかないと思っていることだろう。理由がわからないだろう。なぜならわからないから。回路がないということかもしれない。だからこそ、怒ってくれる人は貴重だ。怒られて理解できなかったら、よく聞いた方がいいと思う。怒ってくれる人は教えてもくれるだろう。

私も。私はほとんどひとりでする仕事なので人と接することが少なく怒られることはあまりないが、時々、たしなめられることや、それとなく注意されることがある。そういう時は、ものすごく深刻に受け止め、反省し、もう二度と間違うことのないように肝に銘ずる。それでもやはり時々失敗はする。気をつけても気をつけても失敗はする。反省しながら生きるしかない。

あ、そうそう。腹の立つ人のことだった。

誰もが誰かに怒り、腹を立てている。怒られた人も、他の人に腹を立てたりするだろう。そう思うと、きりがない。

となると怒ってる気持ちを持続する方が自分の時間がもったいないかも。怒る気持ちを早く忘れることが大事なのかもしれない。

怒りを早く忘れたい。
怒りを早く忘れよう。

私はどうするだろう。映画を見るとか、お風呂とか、気分が変わることをする。でもそれで忘れられる怒りは小さい。それでもダメな大きな怒りには……、買い物ややけ食い……。ダメ。それも小さい。私は、大きな怒りはなかなか忘れられない性格だった。

大きな怒りは、まず、じっくりと考える。いろんな方向から見て、考えて、どこかに気持ちがすっきりする見方がないか考える。で、あまりないけど、ときどき思いつくことがあって、そのたびにちょっとずつ怒りがぼやけていく。

そう、そうやって小出しに削っていくかなあ。

あと、いきなり急激に怒りが減ることもある。その理由はちょっとわからない。気分が大きく変わるのだ。なぜか。人の影響もある。誰かに会って、その人と特に怒りの内容について細かく話したわけでもなく、まったく関係ないことを話しただけなのに、会ったあと、怒りが消えることがある。あれはたぶん、気持ちの、魂のレベルが引き上げられるからだろう。自分の心が小さくなって底辺を這《は》いずり回っているような気分の時は、どんよりとして気分もどろどろして下品で下世話で汚い感じになるが、なぜか気分が持ち上がって、きれいで尊く、高尚な気持ちになる時がある。穏やかで寛大で、やさしく慈愛に満ちて。

あれがなあ、ああいう時間が長ければいいのに。

だんだん思い出してきた。

昔のことだけど。人のことはよくわかるけど、自分のこととなるとみんな間違うよね。甘くなるよね。どうにかトラブルを起こしたくない、丸く収めたいと思うからだろうか。

ある時、みんながちょっと困ったと感じる人がいた。その人は悪い人じゃなかったけど、パワフルでよく考えずにつっぱしるタイプでトラブルも多かった。その頃、私もちょっと困ったなと思っていた。双方を知るある年上の人から、「大丈夫？ 困ってない？」と聞かれた時、ちょっと困っていたけど私はそれを言えず、「大丈夫です」と答えてしまった。正直に、「ちょっと困ってます。合わないかもしれません」と言えばよかった。と、今は思う。

私もいいところを見せようとしていたし、「うっ」と思いながらも思いを隠してしまった。やがて、やはりトラブルが生じ、結局その人とは離れてしまった。あの時、ずいぶん危険信号は感じていたのに、私は事を荒立てたくなくて、やせ我慢したのだった。それはいけないね。そのうちもっと大きなことが起こって、どうしようもなくなる。

いや。どうしようもなくなるようなことが起こるまで、人はなかなか手だしできないのかもしれない。

誰からもはっきりとわかる出来事が起こるまで。

「金の切れ目が縁の切れ目」について

金の切れ目が縁の切れ目という言葉が気になったので、そのことを考えてみた。意味を調べると、「金があるうちは、ちやほやされたり慕われたりするが、金が尽きれば掌《てのひら》を返すように冷たくなり、関係が切れること。元は遊女と遊客の金銭によって成り立っていた関係をさした。金銭で成り立っている関係は、金がなくなれば終わるということ」らしい。ということは、「その関係が金銭で成り立っていた」という部分が重要だ。たとえば小売店で、商品を売る人と買う人の間で「金の切れ目が縁の切れ目」などとは言わない。もともと商品の売買（金銭）で関係は成り立っているのだから、商品を買わない人に「縁が切れる」などと大げさなことをいちいち言わない。

つまり、これはどちらか一方が「私たちの関係は金銭で成り立っていた」と思っていて、もう一方が「私たちの関係は金銭で成り立っていた関係じゃない（愛情だ）」と思っていたというように、もともとの双方の関係に対する思いの認識が違っていた場合に起こるのではないか。好きだから一緒にいた、というのと、お金持ちだから一緒にいた、というのはなかなか関係がいい時にはっきりと口にすることではないからわからないが、お金持ちじゃなくなった時、金払いが悪くなった時に、はっきりわかる。だから今まで曖昧《あいまい》だったことがお金の有無ではっきりした、ということかもしれない。悪くない。現実を知るということだ。

私はお金持ちや権力者にすり寄り、いやお金持ちに対してじゃなくても、人から何かを得るために、その態度の底に媚《こ》びやへつらいを潜ませる人が嫌いだ（本当にそのものもつ価値が必要だと感じる人は媚びたりへつらったりされなくても正当にそれに対する報酬を支払うものだから）。そういう人はもともと自分の利益が目的なのだから、「金の切れ目が縁の切れ目」ということが起こりえるだろうし、それを次々と繰り返していく可能性がある。自分を高く買ってくれる人、得させてくれる人を求めてさすらう。そのために媚びることもへつらうこともできるし、相手が望むような自分を装うこともできるし、相手がどういう自分を望んでいるかという勘も鋭い。

「金の切れ目が縁の切れ目」だという言葉を思いつくような経験をしたことのある人は、多かれ少なかれ、その関係にあったのだろう。どちらの立場にいたとしても、もし「お金目当て」という気持ちが少しもなければ、そういう言葉は思いつかない。ただ別れたという事実があるだけだ。

「別れ」にはいろんな理由がある。その事実が変わらないのだとしたら、せめて人を悪くとることに時間を使うことはやめて、次の新しい一歩に目を向けた方がいいよね。

新しい一歩を踏み出すのが早ければ早いほど、過去の嫌な世界は早く消えて、次の新しい世界に目の前は変わっていく。

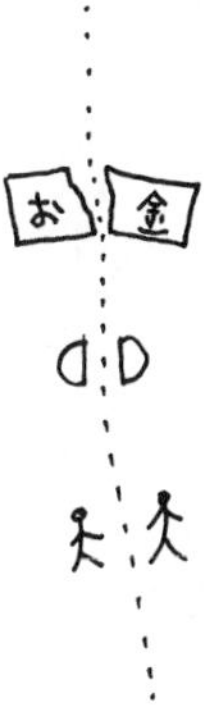

美女と結婚

結婚を前提につきあっているつもりだったら、相手はすでに結婚していた。という話を最近、2度も聞いた。どちらも美人だったから相手は必死だったのかな。美人じゃなかったらこんなことはなかったかも。いや、つきあえるならそれほど美人じゃなくてもいいのかな。男女の関係は計りがたい。意外と、言わないだけでこういうことって世の中には多いのかもなあ。

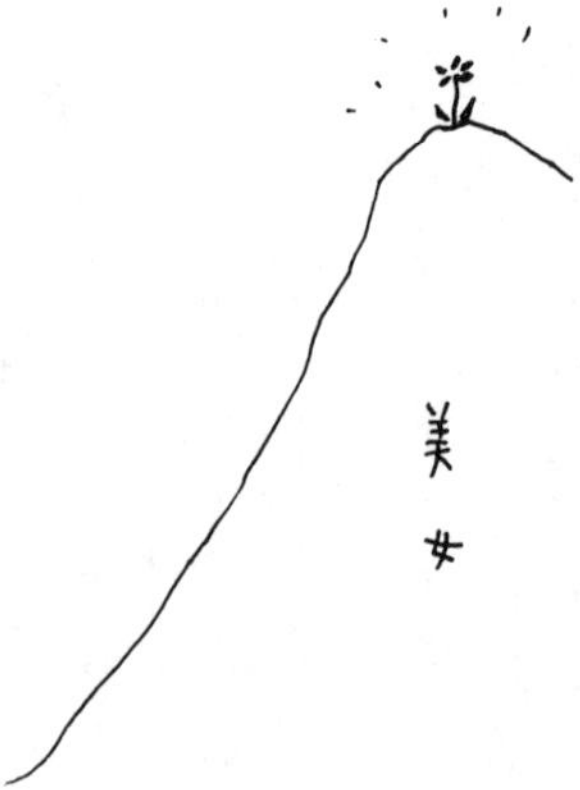

ある依頼

あるアマチュアなのかセミプロなのかわからない人からHPの問い合わせに、人前で発表するために私の詩集の中から5つの詩に曲をつけさせてほしいときたので、お断りしたら、「断られた理由が少々納得できません。もう一度、考え直してください」と言われたので、驚いた。それって、彼女から別れたいって言われて、別れたい理由が納得できないから別れないって言う嫌な男みたいだ。自分が納得できないから人の気持ちを認めないなんてあまりにも傲慢で稚拙。

ちなみにその断った理由というのは、理由というほどのものじゃない。「そのような依頼が多いので、お断りしています」と書いたのだ。「依頼が多いから」断るんじゃないじゃない。断ったんだよ、ただ。それを言葉じりをとらえてごねて……。

しかも、「あなたはこれこれこういう仕事をしているのを知っています。なので僕の依頼内容にも理解があると思っていました」というわけのわからない理屈で、だからやってくれて当然、みたいなことまで言う。

そして、「他の著者の方々の作品も読んだのですが、今回の曲はどうしても銀色先生の作品で書かせていただきたく思っております」だって。勝手に。「君は僕とつき合うべきだ。なぜなら僕がそう決めたから」なんて説教する男みたい。

私が、話しても無駄だと思う人からはとにかく猛ダッシュで逃げろとよく書いているが、それはこういう人のこと。もちろん返事はしなかった。返事をすることは、その人の前提を受け入れる（その人を正しいとする世界にわずかでも入る）ことになるから。

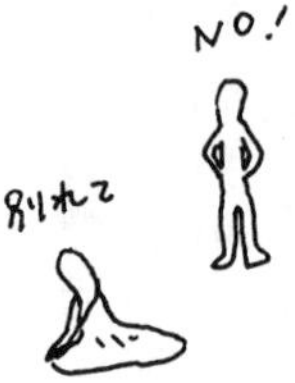

仕事は終わっても終わらない

ある人にある仕事を依頼していたが、その人が頼んだことをうまくやってくれなくて、1年ほど様子を見ていたが、それ以上はこちらの仕事にもさしつかえるのでしょうがないと思い、それ以上仕事を頼むことをお断りすることにした。それで話をして、辞めてもらった。

事務処理が終わったらごあいさつしますと言っていたのに、何も言ってこなかった。その後、用事があったのでついでにこちらからお礼の挨拶をしたが、それの返事も来なかった。

私は、仕事というのは、たとえひとつ終わっても、それで相手と関係が切れたのではないと思っている。自分に不備があって断られたにしても、その対処の仕方が誠実なら、それは次につながると思う。一度失敗しても、きちんと誠意のある態度でフォローするなら切れないし、次があるかもしれないし、次の次もあるかもしれない。

失敗したときの対処の仕方こそ注意深く誠実にあとあとまで丁寧にやるべきだろう。気まずかったり恥ずかしいかもしれないが自分が悪いのだから、せめて最後の挨拶まではしっかりやるべきだ。そこが肝心で、そこを、見る人は見るのに。

ある雑誌の依頼をお断りしたときも、何度かメールのやりとりをした人だったので、きちんとその理由を説明して申し訳ありませんと伝えたら、それに対する返事がなかった。了解しました、もない。ダメだったからもうこの人はいいや、みたいに感じた。なんか……、断られて、ぷいっとなる人が多い。

うまくいかなくなった時に人の本性はでる。窮地に追い込まれたとき、状況が悪い時、関係が悪化した時に、その人の本性が。
別れるとなったら、利益を得られないとわかったら急に冷たくなる人って、まあ、言ってみれば最低だ。

仕事をして渡したのに、その後の経過も、きちんとした断りの言葉もなく、なしのつぶて、音沙汰《おとさた》なしの人もいた。去年ふたりも。向こうから依頼してきたのに。仕事をする人間としてひどすぎる。その業種が全体的にあまり調子よくないみたいだったけど、危ないのかしら。やはり斜陽産業は人もすさんでしまうのだろうか。いや、それでも個人として礼儀を貫いてほしい。沈みゆく船の中だから、まわりもそうだから、やけになって荒れてもいいだろう（想像）ってそれは甘えだよね。

＊

勢いよくここまで書いてきて、ふと気が沈んできた。言い過ぎたかもしれない。

ちょっと気弱になったので、怒ってることや強気の意見じゃなく、普通の意見も書くことにする。

と言ったばかりだけど、またひとつ思い出した。ここ1年ばかりで私がいちばん腹立ったのは、「ここでそういうことを言うということは、あなたはその人に対してとても失礼なんですよ。どうしてそれがわからないんですか」というのだった。

ああ。

その人は、自分なりに筋が通っていると思っているらしい。鼻息荒く、自分の意見を主張していたからね。まさかそれが相手の立場からみると失礼なことだとは思いもせず。思わないから、そういう失礼な態度をとれるんだ。

するとここでまたよく言われる、永遠の「ニワトリが先か卵が先か」論争。そういうことがわからないから、そういうことを言う。それがわかるような人だったら最初からそういうことを言わない。言う人はいつもいつもいつまでもずっと言い続け、言わない人は一回も言わない。

ギブアップ。

私はそこで考えた。もうそういう危険性のある場所から逃げよう。

人と知り合わなければいいんだ。知り合うとしたら、ものすごく慎重に。時々やらかす、だれでもいきなり今から身内、みたいな行動はやめよう。

私の欠点。

そこがいいところでもあるんだけどね、とも言われる。

では、そのよさを残しながら、マイナスをなくそう。できるか？

できる。

私さえ気をつければ。

いや、無理かも（笑）。


ということで課題は残るとしても、時は過ぎゆく。

毎日、いろいろなことがあります。ニュース一覧を見ると、興味のあることは約2割。残りは見向きもしない。でも、そこが死活問題の人もいる。

私は、私のことしかわからない。謙虚に自分のまわりを見わたしたい。

私がわかることだけの、思うことだけの意見を言おう。もし、思ってもないこと、考えてもいなかったことを言ったら、それはうわべだけのウソになる。

私は小さく、知ってる範囲は狭い。

小さい範囲の中で、せめてその中で、しっかり地に足をつけて生きていこう。

「あれ？」と思うことはあるんだよ。いつも。よく。人に対して。でもその時にそのことをよく突き詰めずに、流す。だってそれ以上の判断材料がないから。でも、その「あれ？」と思う違和感は確かに、そこにある。

それが重要なのかもな〜。

日常生活では、でもそれをすぐにどうこうはできない。「むむむ」と思いながらスルーするしかない。でも、その変だな、という違和感を大事にしたい。そこが結局最終的に、問題になるところだ。

たくさんの違和感に囲まれて、では私はどうしたらいいのだろう。
その違和感はでも、まだ修復できる。そこを修復して、改善して、人は進んで行ける。
前向きに進んで来るものに対しては、私は歓迎する。

人を説得しようとする人

私は自分の望みをかなえるために相手を説得しようとする人が嫌い。わかりやすいのでは悪徳セールスマン。まったく興味のないという人をぐいぐいと話術とごり押しで説得する。興味があるならいいんだけど。ちょっとでもどうしようかと迷っている人に利点を説明する、というのはもちろんいいんだけど。

私が嫌いなのは、私が「それは嫌いです」と、迷うこともなく、ただ嫌いだから嫌いだとある時、自分の気持ちを伝えた時のこと。その人は、私の感情を汲もうともしないで、ひたすらにその人のやろうとしていることが（社会的に、一般的に）正しいことだから、その正しさを私に説明し、それによって私の考えを改めさせ、私にそれをさせようとした。それ自体、それそのものがいいことかどうかは、人によって考えは違うだろうし、確かに一般的に言って悪いことではなかった。でも、それをどういう状況でするかについては私には意見がある。それをそういう状況でやるべきじゃないと思った。それで断ったのだが。

以前にこういうことがあった。たしか昔書いたけど。チェーンメールで、5人の人にこのメッセージを送れという。内容は確かに悪いものではない。困った人を助けるような内容だったと思う。でも私はチェーンメールは大嫌い。人に伝えたいことなら、チェーンメールじゃなくてただのメールで伝える。

よく知らない人からそういうのが来るのが嫌だ。いいことだからやるべきよ。やらない人は人でなし、やってる私たちは素晴らしい、みたいな尊大な感じ。

善意や大きな正義を盾にして息巻く人が嫌い。あ、思い出した！

私が宮崎県出身だからって、「宮崎県人なのに新燃岳《しんもえだけ》の被災地に寄付しないのか！」と言ってきた人がいた。私が新燃岳の被災地に寄付してるかどうか確認もしてないのに。してないという前提で言ってきた。

宮崎県人だったらその県のことに、国だったらその国に、世界規模だったら世界規模の災害に寄付すべきだというのがその人の持論なのかもしれないけど、寄付観というのは人それぞれだ。どこにどうお金を使うかはその人の考えることだ。たくさんのお金を持っている人が、それを寄付しない選択もできるのに寄付することを選択したと聞くと、感心するし、えらいと思うけど、その金額を抜かして残ったお金はどれくらいかと思うと、それでも多額だったりする。それぐらいあったら多くの人が寄付することをいとわないんじゃないかと思うほど。一人の人間が自分の生活のために使えるお金には限度がある。食費も衣類も住居費も、そうそう限りなくお金がかかるものでもない。だとしたらそれ以上のお金は寄付しても貯蓄してもそうあまり変わらない。私は寄付金の額よりも、その人の収入に対する寄付の貢献度、つまりどこまで身を削ってるかに興味がある。自分も我慢して人に寄付してるか、自分は我慢しないで、余ってるから寄付してるかは、なんか感じが違う。金額だけ見ると多額な方がいいと思う人もいるかもしれないけど、少額でも切り詰めている人の方が精神的な貢献度は大きい。

寄付もお金であり、お金の周りにはどろどろとした嫌なことが取り巻いていることが多い。お金がいちばん重要だと思っていて、お金に群がる人って嫌だなと思う。お金持ちを崇拝し、お金持ちが偉いと思ってて、自分もお金持ちになりたいと思ってる人、お金を恨み、お金にあこがれ、お金をほしがる人。そういう人とは価値観が違うので私は話が合わないけど、そういう人同士はかたまっている。

お金の難しさは、人との関係の難しさでもある。お金で人を学び、お金で人を知ることがある。そういう意味では、わかりやすい目安かもしれない。

気づかせずに追い込む

映画を見ていておもしろかった。
ある女性。成功した職業婦人というのか、華やかな知性と職業、名声を持った人。その女性と控えめな娘。そこに才能のある囚人の弟子。婦人もその才能を高く買っていてスポンサーになりたいとまで思っている。

その弟子と娘が恋をして、娘が母に彼と結婚したいと打ち明ける。すると、たいへん母は驚き、怒る。弟子としてはいいけど、娘の夫としては囚人は困ると。

ふうむ。

娘よ。あんなふうに突然そんなことを告白するから、母は驚いてパニクったんだよ。私だったら、そんなことしない。びっくりさせるようなことは。ストレートにそう言ったら、そうなるのがわかってるじゃん。

私だったら、その母親の方から、その囚人と結婚しない？　と言わせるように持って行く。

持って行ける。

人の感情がからむものごとを達成するには、よ〜く考えないといけない。それぞれの人の性格と願望を。その願望を自分の望む方向に合致させるために、根回ししなきゃいけない。

丹念に、冷静に、筋道を立てて納得させ、それこそが自分の望みで、向こうからどうかお願いと言わせるように、追い込む。

気づかせずに追い込む。

私はその筋道がわかるよ。

ふだんだったら絶対にしないようなことをするというところまで追いつめられるという体験

ゆっくりと 時間をかけて、
本人の 意思であるかのように
望むところへ もっていく

ある時、穏やかな性格の男友だちの別れ話を聞いていた。

「最後の方、ケンカして彼女に手をあげたんだよ。自分がそんなことをするなんて……」としみじみと語っていた。

なんかわかるなあと思った。人って、ふだんの自分がしないようなところまで追いつめられることってある。世の中は、状況によっては、どんなことでも起こりうるのだと思う。人を殺すことだって、私も状況によっては被害者にも加害者にもなりえると思ってる。

人は追いつめられるとどうなるかわからない。そこまで行くまでには何度も考え直す機会はあるはずなので、引き戻せなくならないように慎重に進もうと思う。

ヒマなわけ

私は自分がなぜヒマで、よくエネルギーを持て余すのか考えてみた。

私は合理的で、余計なことをしないということに気づいた。日常のいろいろなことをするのに、時間がかからないのだ。時間をかけることをしないというか。昔思ったのが、なんでみんなトイレや外出の準備に時間がかかるのだろう、ということだった。

私はなにしろなんでも時間が早い。身づくろいにほとんど時間をかけない。ふだんはメイクもしないし、服選びにも時間がかからない。時間がかかるような髪型もファッションもしない。1～2か月に一度行く美容院が面倒でたまらない。人と親しくなるのに時間をかけるのも嫌。結婚も時間をかけずにすぐ決めたし、子どもも作ろうと思ったらすぐできる（ついでに離婚も早い。ダメと思ったら即実行）。人間関係のごたごたもない。あるとすればトラブルによるごたごたじゃなくて、早すぎるせいで起こる後始末。あまりにも割り切りがよすぎて人に理解されないことも多い。人が10かけて行くところに3で行くので、私が行動し終えて、ずっとすぎてから人には何が起きたのか理解できる。なので、生きている時間が人と違うような気がする。そして毎日、ヒマで退屈。去年、忙しかった1年半があったが、それも自分でどんどんやれること、じぶんで作った用事だけで忙しく、外からの働きかけではなかった。なので、自分から仕事を作りだすことをやめたら、またぷつりとヒマになった。継続的な外からの働きかけは嫌いなのだ（定期的な仕事とか）。自由じゃなくなるから。いつも自由でいたいので、やることは自分で決められる立場にいたい。そうすると、時間の束縛がなくなり、結果、ヒマになる。自分で楽しみを作らなければいけない。だから、パワーがあって自分でどんどん考えついてやれる時は忙しくて楽しいが、自分からすることを生み出さない時は死んだようにヒマになる。

だからこれはしょうがないことだ。人に左右されたくないと思っているから、外から忙しくなることはない。自分で決めたことだけで自分を動かしたいから。

一生、「気の沈む死んだようなヒマと退屈」と、「生きているというはりのある落ち着かない忙しさ」のどちらかを繰り返していくのだろう。ちなみに今は「ヒマ」。

笑える失敗

恥ずかしながら、笑えるような失敗もあります。

ああ……。赤面。今思えば、なぜ、ああいうことになってしまったのだろう。どう考えても、夢を見ていたとしか思えない。ぽわんとしたバカみたいな夢だ。

いったい自分を何様だと思っていたのだろう。ただただ恥ずかしい、夢を見ていた自分。ぽわん……と。

いいふうになると想像して前途は希望と夢に満ちていた。

バカな私。

こうなったら、同じような経験をした人とみんなで一緒に笑いたい。

当事者意識

当事者意識というものが大事だと思う。当事者意識を感じられないものに対しては、何も発言しないようにしたいと思うほど。

人のことはなんでも言える。無責任に言える。無責任に言えることを、つい言ってしまわないように気をつけたい。無責任に言えることに気持ちよくなったり、酔ってはいけない。言ってて気持ちいいことは、ほとんど自己陶酔だ。

自己陶酔している人の気持ち悪さ。醜悪さ。

そういえば、いたなあ。自己陶酔している人。顔にそれが現れていた。

カップル

いい女（男）はいい男（女）とつき合うのか。

さて、あるカップルがいた。女性の方は美人で聡明。ああいうのをいい女っていうのじゃないかなと思っていた。その女性がべた褒めしてつきあっている男性がいた。

あの女性が選ぶぐらいだから素敵な人に違いないと思った。そう思いながらしばらく一緒に仕事をして、どうも違うんじゃないかと思うようになった。どうも変。で、まわりの同僚に聞いてみると、みんなあの男性はそうとう変だと言う。やはりね……。素敵なんてものじゃない。一見わかりにくいけど、一見いい人そうだけど、その奥にまったくダメなところがある。ではなぜあの女性はあんな変な人をべた褒めしてつきあっているのだろう。

考えられるのは、

1. その男の変なところに気づいていない。
2. その女性も同じように変。

のどちらかだろう。もし、だれもが感じるその男の変なところに気づいていないとしたらその女性も頭が悪い。またその女性も人にわかりにくい変なところがあるとしたら、ふたりはちょうどいいカップルだ。お互いに褒め合って幸せ。ただ、世間の評価は悪いだろうが。そういう、ふたりだけがお互いを褒め合っているカップルっているような気がする。時々、エレベーターでいろんなカップルと一緒になることがある。カップルと私の3人の密室。そこで女が話す言葉と男の対応を聞いていると、「ああ～」と思うこともしばしばだ。たいがい女性がとんでもなく傲慢で、男は大人しい。

反対に、男が尊大で女が黙認しているケースもある。自分たちの世界では自分が王様、王女様。ふたりだけでその世界を強固に守り、そこで自由奔放。

……ここまで書いてきて、カップルって、家庭って、そういうものかもと思ってきた。けっこう変なものだ。その変なルールがその中だけで遵守されていて、それでうまくいってればそれでいいのかもな。そこでストレスを発散して、社会でがんばる。カップルは変でいい。ただ、その変さをカップルの枠の外に持ち出さないでくれれば。

家族も変でいい。風変わりでとんでもなくいびつでもいい。それでほっとするのなら。ただ、苦しいのはいけない。そして他人に強要したり、他人を不愉快にさせるのもいけない。

自分たちの世界で、バレずにがんばってくれ！

自分たちの世界
ふたを ぴっちり 閉じとけよ!!
密封
容器並に。

男目線の女

男って、女が好きなんだなと思う。映画とテレビと小説を見ていて思う。でも、そうじゃない人もいるんだろうなと、テレビや映画にでてくる女の描かれ方を見て思う。あれは男の理想の女、男目線の女だ。そういう「女」がいろいろなところにいるけど、あれは現実的じゃない。男もそう思っているだろう。少女コミックの中の男を見てこんな男はいないよと。

そういう理想の男や女、夢の男や女を見ていると、こうも違うかと思う。夢はこうで、現実はああ。

男目線の「女」を学習して、そうなろうとしている女がいる。好んで、あるいは無意識に。男が好きな女か、自分かがわからなくなっている人がいる。自分からあまりにも離れて、人から求められた「女」をしていると、だんだん虚しくなってくる。それは生産的ではないからだ。手ごたえといってもいい。手ごたえのある生き方をしていない人は、男でも女でも、虚しさが生まれてくる。自分のやりたいことをやっているのに手ごたえを感じないというなら、それは自分のやりたいことじゃないのかもしれない。それは自分を気持ちよくさせてくれると自分が思い込んでいるもので、自分が苦しいと思い込んでいる現実から逃げているだけかもしれない。とことん徹底的に自分のやりたいことをやったら、充分やったら、そこから抜けられる。自分がこだわっていたものから抜けた時、自由の感覚がふたたび訪れるだろう。いつぶりだろうという、それが。

男目線の女は、現実の女とは違う。

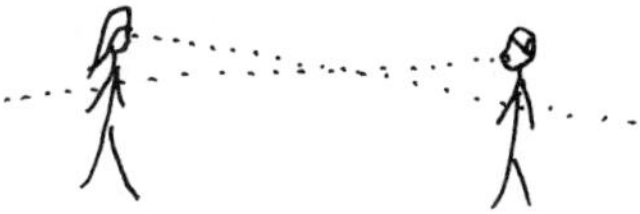

女目線の男と、現実の男も違う。

お互いに違うものを見たくて、相手の体と心の奥にそれを探す。それは近づくが、交わることなく、離れていく。

男らしさをはき違えてる

うーん。これが男らしいことだと思い込んで、まったく違うことをしている男がいる。

いったい全体、そういう思い込みはどこで仕込まれたのだろう。テレビアニメか。純粋にがむしゃらに人を助ける。美しい行為だが、力も知恵もない子供がそうしたら邪魔なだけだ。人を助けるにも必要なものがある。どうやったって助けることができない人が助けようとするのは危険だし滑稽《こっけい》だ。泳げない人がおぼれた人を助けようとするようなことをすると、かえって足手まといになる。それがわからないで、ただヒーロー気分で助けようとする自分の行為に酔っている人は井の中の蛙《かわず》だ。それがわからず、最後まで自分は男らしかったと誇りを感じて立ち去る。そういう人がいる。その人は自分はヒーローだと思い込んでいる。いつもヒーロー然としている。そこを超えて、実は何もかもわかっていて演じてやっているという大人っぽいヒーローでもない。最後まで子供が、子供であることに気づかずに生きている。痛々しい。周りの目は、冷ややかだ。

意地悪なことを言う

私に意地悪なことを言う人がいた。大人なのになんて子供っぽいんだろうと思い、驚いた。大人なのに意地悪なことを言う。私は、子供だったらまあしょうがないと思う。いいとまでは思わないけど。子供は残酷なものだ。子供は他人をバカにしたり、自分とは違うと思ったりしがちだ。大人になると、他人も自分も変わりないんだとだんだんわかってきて、人の痛みもだんだんわかってくる。

　意地悪なことを言うということは、どういうことだろう。第三者の分析によると、「嫉妬してるんじゃない？」と言っていた。そんな気がする。そうじゃないと、別にその人と友達でも、仕事仲間でも、これからのかかわりもないのだから、わざわざ言うこともないだろう。なにかひとこと、嫌なことを私に言って、嫌な気持ちにさせたかったのだろう。私は嫌な気持ちになったけど、それはその人の心の醜さを感じたからだ。

　いったいなにが気に食わないのかわからないけど、その人の気に障ったのだろう。聞けば、その人は周りからの評判も悪かった。私はとても頭に来たけど、二度と関わらないようにしようと思い、急いでその人の目の届かないところまで走って逃げた。

立場がわかってない

自分の立場がわかってないとか、空気が読めないというのももちろん困る。そういう人には、誰かが教えてあげなくてはいけない。じっくり、親身になって。普通、そういうことは誰もあえてしたくない。死ぬほど面倒くさいから。普通その教育をしてくれるのは子供の頃の家族や友達だ。親や兄弟や友達が、正当なことも正当じゃないことでも、そりゃいろいろと教えたり叱ったり嫌なことを言ったりする。そして、反省したり反発したりムカついたりしながらも、だんだん人の気持ちや常識を覚えていく。その過程において、家族や友達や先生が非常識でとんでもなく理不尽だと思うこともある。濡れ衣を着せられたり、誤解されても、説明する能力も知恵もない。でもそれぐらいでちょうどだったりする。それぐらい言われないと人はなかなかわからない。それぐらいの思いを抱えて、人は人の世の辛《つら》さややさしさを知る。誤解された経験があるから、理解されることのありがたさがわかる。やさしさが骨身にしみるという経験もする。

そうやって常識と非常識のごった煮の中でもみくちゃにされながら成長し、人は大人になってやっと安全な自分の砦《とりで》を築く。大人になることはうれしいことだ。もう誰からも何も言われない。自分だけの安全な隠れ家の中で生きられる。

空気が読めない人は、人の立場に立って考えるということができない人だ。それは自分の行為を人はどう感じるかと想像する経験をしそこなって大人になった人だ。とても原因の根は深い。いちいち、この行為に対して人はどう感じるかということを、学び直さなくてはいけない。大人になってそんな面倒くさいことをしてくれる人、それにつき合ってくれる人は、もう恋人、結婚相手ぐらいしかいないかもしれない。とても親身になって、好きでいてくれて、そういう空気の読めないところを理解して修正してくれる人。でも、そういう空気の読めないところに気づかない同じように空気の読めない相手と結婚するという可能性もある。こっちの方が多いかも。

他人に厳しく自分に甘い

人のことを言う時は、やけに正義感にあふれ口角泡を飛ばしながら厳しく批判していたのに、いざ自分のこととなると急に甘くなり、さっきまであんなこと言ってたのに、それ、自分にはあてはめないの？　と思わせる人がいる。あいつは本当に非常識だと言いながら、自分も非常識な人とか。自分ではまったくその矛盾に気づいていなくて。

それを見るともうこっちは何言っていいのか、敵か味方かわかんなくなり、あきれて二の句が継げなくなる。

イヤミみたいな

これは男の人に多いんだけど……、女性では見たことないかも……。よく、なにか非のあることをして人前で謝っている男性が、謝ったあとに、(それは確かに自分も悪かったけど) そのことをわざわざ告げ口した人が悲しいですとか、記事にされたことは残念ですとか、仲間だと思っていたのに残念ですとか、最後にちょろっと相手を批判するというか、イヤミみたいなことを言う人。正しいことをした人を責める人。嫌な気にさせる人。負け惜しみかなあ？　潔くない。

専門用語で言い直す

人が言ったことを、自分が知ってる専門用語で言い直す人。

浅知恵

人をあいだに介すと、その人がどういう人かで商談も成功するか失敗するか決まったりする。

あいだに入った人が伝え方がまずくてあらぬ誤解を生じさせるなんてことは、本当に困る。悪意があってやったことならもっといやだけど、悪意がなく、どうにか取引を成功させたいという思いがつのって、事実と違うことを双方にいいふうに伝えるのはさらにたちが悪い。バカの浅知恵というものだ。両方に、「向こう様がぜひお願いしたいとおっしゃっていました」「あちらさまがたいへん乗り気で」とかいうような耳に心地いいことを言って、双方が向こうがその気なんだなと思い込み、それで話を進めていたら、やがてそうじゃないということがわかった時、取り返しのつかないことになる。うまくいったらいいけど、うまくいかなかった場合。

どうにか成功させたいと思った仲介役の気持ちもわかるが、事実を伝えないのはいちばんいけない。両方がだまされたと思う可能性もある。想像しただけでも恐ろしい。

きつい言い方をしたけど、あいだに立った人がだれに対してもいいことしか言わない（言えない）いい子ちゃんで、双方にいいことを言って、自分もいいことをしたと思ってるかもしれないけど、本当のことを言わなかったばかりに思いがけずトラブルの元になってしまって、まとまるものもまとまらなくなってしまったということが、実は結構あるから。張本人は最後まで自分のやったことに気づかず、だれもその原因がわからず、物事がダメになっていくことがある。

原因はオマエだ！

と、空から一部始終を見ていた人なら言うだろう。

不満は小出しに

仕事でも人間関係でも、相手に小さな不満が生じた時はできるだけ小出しに伝えた

方がいい。けど、なかなか悪いことって伝えにくいものだ。相手がそれに気づいていないからこそ不満が生じるわけで、相手が気づいていない悪いことを伝えるのは、気おくれする。

相手がうすうす気づいていても、黙っていたらそれをこちらが不満に思っていることが伝わらないので、これでいいのかなと誤解されるのも嫌だからやはり言わないといけない。もし、我慢して不満をため込んだら、どんどん言えなくなって、たまりにたまり、いつか言おうと思って、いざことが起こった時にはダム決壊、みたいになりかねない。

あまりにも鈍感な人の場合、たまりかねて意を決して言うと、「なんで早く言ってくれなかったの？　早く言ってよ」などと逆に責められたりして。言えないからこうなったのに。いや、時々、表していたのに、それに気づいてくれなかったじゃないかと思っても、もう遅い。不満は小出しに。不満のようにじゃなく、やさしく言ったらいいのかな。でもやさしく言うと気づかないかも。ああ……。

エネルギー

ドッグトレーナーのシーザーの番組を毎週楽しみに見ているのだが、彼がまたいいことを言っていた。

ケンカの多くは想像から始まります。

そうだなと思う。最初に、あれ？　なんて疑惑とか不信、疑いが芽生えて、悪く想像して疑心暗鬼になったりする。その時はまだ想像だけだ。そこで気持ちが育っちゃうと、思い込みがどんどん悪い方へ。

最初の頃に悪い想像を払拭するのが大事だなと思う。そのためには普段から意思の疎通をしっかりしてないとね。いざと言う時に聞きたいことも聞けない関係って、苦しい。

それから、

愛情を与えることはエネルギーを増やすことです。

と言っていた。犬に愛情を与えすぎるとエネルギーが過剰になるので、時々散歩とかして発散させてあげなければいけないと。それも、そうだと思った。あんまり好きすぎて愛情だけを注ぎすぎると、人でも息が詰まる。好きな相手にエネルギーを注ぎすぎると、相手の中のバランスがおかしくなるのだろう。

　かわいがりすぎるのって犬でも人でもよくないね。かわいがるって一方的だから。相手の人格を尊重していないような気がする。相手をかわいがってるんじゃなくて、かわいがりたい自分の気分をかわいがってるみたい。自己満足のようなものかな。

　わがままを許すこともそうだ。面倒を避けようとしてる。相手を知ろうとしていない。

　犬や人、生き物とつきあうって、必ず相手との対話がないといけないのだと思う。言葉や心の。投げかけて反応を見る、問いかけて耳を傾ける、ということ。いつもいつも。それをやらなくなった時から、関係はくずれていくのだろう。

いちばん肝心なこと

これはこうだ、あれはああだと書いているけど、いちばん肝心なことは、どこでそれを言うか、ここはどういう状況か、どういう言葉でそれを伝えるか、ということだと思う。

同じ言葉でも、状況が変われば意味も変わってくる。

ということは、言葉そのものよりも、その場との関係が大事だということだ。

そのためには言葉の表面ではなく、真意を考えなければならない。

真意を伝えるために、反対の言葉を選ぶこともある。

言葉だけにとらわれていると、真意を見逃す。伝えそこなう。

ここはどこで、今はどうで、起きていることは何か。私はだれで。あなたはだれか。

そこで伝えたいことは何か。

その中では、言葉は自然と選ばれる。

死について、ふたたび

私はぜんぜん死にたくはないが、「死」に対する恐怖はない。それは死んだあとにも人生は続くと思っているから。思うことにしたから（と、ここまでは何度も書いた）。

人が生み出すこの世の悲劇のほとんどは死への恐怖が原因だと思う。

私はせめて私の読者には、最終的には死への恐怖心……、自分自身や愛する人の死の恐怖を失くすところまで連れて行きたいと思っている（望む人には）。

それが目標といえば目標だ。

私はぼーっと世界を見ていて、自然を見ていて、木や草や動物を見ていて、人間を見ていて、ある時、思った。

自然というのは、なんて美しくて無駄がなくてちゃんと循環していて完璧なのだろう。宇宙の星、太陽、月のめぐり。植物も動物も地面も大気も、すべてが循環している。南米の葉切りアリの生態を見ていても、感心するばかり。どの生き物も鉱物もなにもかも、よく知れば知るほど感心することばかりだ。

で、人間に目を向けてみた。私は人だけはどうも納得がいかなかった。人だけが悩み苦しみ、残酷だ。いいところもたくさんあるけど、嫌なところもたくさんある。そして不公平だ。あまりにも不公平だ。

植物は、種から芽が出て、花が咲き、実がなり、種をつけ、枯れて、種からまた芽が出る。なんか、いい。ピンとくる。

人は、みんな死を恐れて、子孫ができてもそれで満足することなく、喧嘩したり争ったりしている。死ぬまでどろどろしている。幸せそうじゃなく、苦しそうだ。それがとても不思議だった。おかしいと思った。どうして人間だけが穏やかじゃないんだろう。やがて死にゆく動物も、生きるために獲物を殺す動物も殺される動物も、人間ほどひどいことをしていない。人間には感情があるからだろうけど、あの苦しみや悲しみや意地悪や欲や、死ぬ間際まで苦しむ様子は納得できない。

他のものと比べて、人間だけは一部分しか見えていないような気がしてならなかった。ドーナツのある部分だけをカットして、それを人生と呼んでいて、カットされた部分以外の丸い円環があるんじゃないかな。それを加えると他の自然の生き物と同じように丸く閉じて矛盾がないんじゃないかな。そのドーナツ全体としてみれば不公平はないんじゃないかなと思った。

それほど人の人生だけが地球上に生きる生き物の中でピンとこなかった。

だから私は目に見えている人生がすべてではなく、これはドーナツの一部だと思うようにした。そういうふうに言っている人たちがいたから。その見方で世の中を見直したら、私はかなり納得ができた。矛盾や不公平もそれだったらなくなる。

今の人生がすべてだなんて、それでうまくやったなんて、思うのは甘い。自分がやったことはいいことも悪いことも同じだけ自分に返ってくる。そう思って私は世の中の矛盾を恐れなくなった。許せないようなひどい人も受け入れることができるようになった。

この考え方が間違いでもいい。でもこれなら私は納得がいく。

自分がやったことは1ミリの誤差もなく自分に返ってくる。肉体が死んでもチャラにはならない。なにも終わらない。私たちはみんなドーナツの中にいる。必ず、すべてを自分で後片付けする時が来る。

そう思ったから私は、この地球が好きになった。

命

何かに命を与えること、育むことの喜びを覚えた人は、
命を絶とうとは思えなくなる。
人のも自分のも。

愛する

世間の人たちの思う愛のほとんどは、自己愛だ。

人は結局ひとり。

だれもが静かでやさしい孤独の中にいる。それは尊い孤独だ。

それを知っている人だけが、本当に人を愛せる。

相手に依存せず、相手を自分の満足の手段にせず、悲しいほど大切に慈しむことができる。

こころ澄ませて

いろいろと考えてきたらだんだん熱い感情が下に沈んで、醒《さ》めた澄んだ気持ちになってきた。感情的になっているあいだはあれもこれもと思いは果てしなくもつれるが、感情がおさまると、「うーん、確かにね、無理もない」とか、「あの時ああしたんだから、ああなったんだ」とか、「ふふっ、それにしても笑える。今思うと滑稽だな」とか、「そんなに大したことでも、大した人でもなかったな」とか、「あんなにこだわってバカみたい」とか、「正直言って私のエゴ、欲望だった」とか、「私も悪かったわ」とか、「いったいなぜあんなにも腹が立ったのだろう……不思議」などと思う。

人って、感情的になっている時は何言っても無駄だ。聞かないもん。聞いても、「うん、そうだね」と思っても、気持ちは変わらないもん。

だから、怒ってる時やこだわりが強い時は、放っといたほうがいいかも。怒った理由は、あとになってだんだんはっきりしてくる。相手が悪いんじゃない。いや、悪いともいえるけど、特にある部分にこだわってキリキリッとなったのには自分の側の問題もある。

そこになにかがあるんだよ。

昨日、ひとりで温泉に行って露天風呂に入っていた。そこにぽっちゃりとした女性が来て、しばらくしておばあさんがやってきた。ふたりは話をし始めた。おばあさんは、家族の話をしていた。娘も犬も優秀らしい。女性はひとつひとつ丁寧に受け答えして、まったく不愉快にさせないようなやさしい対応をしていた。私は感心しながら聞いていた。自分の意見を言うことなく相手を持ち上げ、ただただ受けに徹するその態度。私はできない。したくない。そのおばあさんの話に興味がなかったから。だからこそ、その女性の一言一言に聴き惚《ほ》れた。そうか、こういう時にそういうふうに言えばいいのか。褒めて、受け入れる。

うなずいて、相槌《あいづち》を打つ。

でもなぜこんなに聞いてあげるのだろう。嫌じゃないのかな。

どの程度嫌じゃなかったら私もやれるかな。

それから内風呂に入りに行った。そこにはこの町の人らしき女性たちが知り合い同士で入っていた。ひとりの私を見る目がよそ者を値踏みするような、盗み見るような醜い眼差しだった。この町は私の生まれた町だ。人口も少なく、今も減りつつあり、田舎独特の閉鎖的で出た杭《くい》は打つようなところがある。よそから来た人にはとても住みにくく、嫌な目にあって出ていく人が多い。この閉鎖的で排他的な物の考え方はどこからくるのだろう。たぶん、不安と恐れ。ほかの世界を知らないための無知。視野の狭さ。

この人たちが生まれつき視野が狭いわけじゃないだろう。ここしか知らないから自然と視野が狭くなったんだ。未知のものへの恐れは、現状をおびやかされるかもしれないという不安から身を守るための手段だ。この人たちが悪いのではなく、この環境がそうさせたのだ。私もずっとここにいてこの環境しか知らなかったら、世間とはこういうものかと思ったかもしれない。

人の思考を形作るのはその人が生きる過程で教え込まれた枠組み、考え方だ。ある場所で育ち過ごせば、そこでの主な考え方がその人の考え方の基礎になる。それがどうしても合わないと思う人はアウトローとなるかそこから出ていくだろう。

あなたは不幸じゃない。あなたの幸福観がまちがっているだけだ。

小さい時から知らない間に形作られた考え方の癖、偏り。それが自分の価値判断の基礎になる。

四角いスイカというのがある。切り口が星形のきゅうりもある。それらは成長過程でそういう型枠にはめられて育てられたからそうなった。スイカはなにもしないでそのまま自然に育てると丸に近い形になる（地面に接しているところがちょっとひしゃげたりしてまん丸にはなかなかならない）。人もそういう型枠にはめられて成長する。それぞれの家庭、地域、国という型枠だ。その型枠は目に見えない。目に見えないから星形だね、とか四角いね、とか言えない。複雑な形だ。その複雑な形が、それぞれの人の物の見方、偏見の形だ。人によって地方によって、国によって、もっとたくさんのさまざまな型枠によってできた形。

自分の物の見方も複雑な形で、ほかの人もそれぞれに複雑な形で、その複雑な形同士が接すると、いろんなところがぶつかる。型枠が私に作ったでっぱりが、型枠が相手に作ったでっぱりとぶつかる。

型枠の存在を思って欲しい。

その人の嫌だと感じるところ、偏見や自己嫌悪、妙な考え方、いじわるや狭量さ、吝嗇《りんしょく》。どれも型枠がそれを作ったのだ（それだけじゃないとしても）。

その人の嫌なところ、嫌いなところ。それはその人のもともとのものじゃなく、型枠のせいだ。型枠を見つけてあげよう。見えない型枠の輪郭を教えてあげよう。それは外から触るとよくわかるけど、自分ではなかなかわからないから。

その人が悪いんじゃなく、型枠のせい。

ほらこれだよ。どうしてこんなのできたんだろうね。こんな形の何かがあったんだね。

それに気づけば、その人も自由になれる。自分を縛っていたものから。

型枠の形を知りたければ、感情をよく見ればいい。何に怒り、何を許せず、何をうらやみ、何に悲しみ、何に絶望し、何を恐れ、何に感動するか。何を求めるか。

感情の全てがそれを明らかにしている。

私はよく感情に翻弄される。その時はどうしようもない。なのでそのあいだは翻弄されるにまかせる。その感情が自分をどこへ連れていこうとしているのかを見届けるまで。

そして感情がおさまると、他人のように自分を調査する。

翻弄されることはおもしろいけど、必ず苦い思いも味わう。

それを繰り返しているわけだけど、少しずつでも感情に翻弄されないようになりたいと、いつも願っている。

感情にのみこまれるのはなぜか。

たぶん、生きているから。それが私の「生きるということ」だから。

私は感情を味わうために生まれた。でもこれほどまでにたっぷりと味わって、もう私はいいと思い始めた。もうあんまりいいやと。わかったと。


私はこれから、感情よりもムードを味わいたい。雰囲気。

ムードの中で漂っていたい。名前をつけず、結論も出さず、霞《かすみ》がたなびいて最後が曖昧にかき消えていくような様子。

ムードそのものに身をゆだねたい。一瞬一瞬をそのように。

あまり深く迷路のようにごちゃごちゃ考えないようにしたら、ずいぶんいい感じがする。

爽《さわ》やかですっきり。

私は考えすぎていたのかもしれない。物事の意味を。バカみたいに真剣に。

考えても考えなくても、何も変わらないのだ。もちろん起こった出来事はそのままだ。

考えないようにしよう。

考えてもしょうがない。

考えないということこそ、重要な鍵なのかもしれない。

「考えない教」を提唱したい（しないけど）。


確かにいろんなことがある。あった。

こないだまであった。明日もあるかもしれない。

自分が深く気持ちを入れ込む、その度合いに応じて、感情は高ぶる。


入れ込む＝興奮＝歓喜。

入れ込まない＝冷静＝それほど心は動かされない。


すっごく好きな人ができると、感情は大きく動き、喜びや感動も大きいけど、その後の失望や悲しみも大きい。

それほど好きじゃない人とのつき合いは、感動は少ないが悲しみも少ない。

感動や歓喜の大きさと、失望や悲しみ苦しみの大きさはいつもイコールだ。

というか、振り子と同じで、行った分だけ戻ってくる。

お花畑で。
気持ちいい、寒くも暑くもない、いろんな花が咲くきれいなお花畑みたいなところ。
それか木陰。
青々としたすずしげな木陰で、気持ちのいい風が吹いてきて、
そこでもう何もうるさいことは言わず、
「いろいろあるけど、もうやめようよ。考えるの。せめて今だけは」と言って、
その「すずやかな風に吹かれる教」を提唱したい（しないけど）。

自由と言っても、いいのは自由じゃなかった時から自由になった瞬間だけ。
ずっと自由で何もしなくていいとなったら、とたんに退屈になるはず。
欲しいのは充実感や生きがいだ。それは自由とは違う。
自分が、何かのためになっているという手応えを感じたい。
それがないと生きる張り合いがない。

きっかけさえあれば、人は何かをしゃべりたいと思っているんじゃないかと思う。

ある日、

静かな気持ちで来し方を振り返ってみた。

忘れていたけど、その時々でとても嫌だったことがあった。地獄のようだと思った時期もあった。馴染《なじ》めない人間関係、意外な出来事、強制的ないろいろ……。

でもそのどれもがそれぞれに違う種類の嫌なことだった。全部違った。あの時のは、あれ。あの時のは、あれ。ああいうことはもう嫌だなと思い、そういうのはないけど、別のがあった。最近の嫌なことは、それはそれで初めてのことだった。ということは、次に来る嫌なことも初めてのことだろう。同じことの2度目は回避できても、初めてのことはまた嫌なことになってからしか気づかないかも……。

そういうものかもしれない。

どんなにいいことでも人助けでも、それがその人のエゴから出てることはエゴでしかないと思う。見てて、気持ちが悪い。その人がいいことをしていると酔いしれていればいるほどよどんだ感情を感じる。

自分の過去にとらわれないことが大事だと思う。自分が過去に思ったことや言ったことに。それを覚えているのは自分しかいない。気を晴らしたいと思う時、いちばんの敵は自分かもしれない。

判断を誤る時というのは、たいがい同時にいくつかのことが起こって瞬間的に判断しなきゃいけない時だった。複合的に起こることにはとっさの判断を誤ることがある。一個一個のボールなら打ち返せるのに。2個、3個同時に四方から来たら難しい。失敗するときはそういう時だった。いくつかの要素が重なっていて、ひとつのことをそれだけ独立して対処できない時。

マーブル状の案件は難題だ。こっちを立てればあっちが立たず。

物事をなんでもよくとらえる人がいる。本当にいいことはそれでいいけど、ちょっと怪しいんじゃないかというようなことも、いいふうにとらえていた。不自然なほど、疑わないということに決めているよう。悪い可能性があるということを感じながらも、いいことを信じるというのならわかるが、ただやみくもに物事をいいふうにしか受け止めないということは、自分で判断することから逃げているのだと思う。そしてそういう人ほど、要所要所で自分で決めてきたはずなのに、騙《だま》された、などと言ったりする。

安易に騙されたと思う人が嫌いだ。途中で確かめる機会はあったはずだ。人を信用したらいけないと言ってるんじゃない。人を信用したいから、信用するために慎重になるべきだと思う。

自分を特別視させようとしている人が苦手だ。そういう意識は言葉の端からチラチラのぞく。自分は偉い。偉いと思われたい。一目置かれたい。尊重されたい。すごいと思わせたい。本当にその価値がある人は、そう思わなくても思われる。偉い人だと思われたいと必死になっている人はどれほど自分に自信がないのだろう。人からの評価でしか自信を感じられないほど自信がないのだ。

自信というのは、本来人からの評価は関係ない。自分の中に信じられるものがあり、それに照らして自分が誠実でいられる時にでてくるものだ。それがあって、その上に人からの評価がついてくると、それが強化される。

人からすごいと思われたいという人は虚栄心が強い。そういう気持ちでやることはどれも人の評価を気にして心がうわずっている。心がうわずっている人に、人が信頼を寄せるだろうか。

私はよく、ちょっと変わった人から好かれた。おとなしく変わった女性たちから。私もおとなしくしているし、騒がしい人が苦手な人は私が近づきやすかったのだろう。でも、私はあんまりよく知らない人と仲良くなりたいと思う方ではないので、近づいてこられるとちょっと緊張した。誘われたらどうやって断ろうかと考えた。1回は誘いに乗ろうかなと思ったり、興味があるときはそうしたり。でもそういう人と親しくなることはなかった。私の好きな人はおとなしくて変わった人ではなく、明るくて変わった人だから。明るいけど騒がしくない人で、人見知りだけどそれは人づきあいが苦手だからじゃなくて、慎重だからってだけで、自分の好き嫌いがはっきりしている人が好きだった。

時代を変えていく人。

時代を変えていく人というのは、高い壁を必死でのぼり、落ちても落ちてものぼり、傷つきながら何度も挑戦し、満身創痍《そうい》で壁を乗り越える、というような人ではない。

時代を変える人というのは、そこに壁を見出さない人だ。

壁の存在を意識しない人。それが壁だと思わない人は、そこをやすやすと通過する。

問題そのものが存在しないのだ。

時代はそうやって塗り替えられていく。

ひとりがお手本を見せると、それを目で見た人たちも同じように通過できる。

変化はある時、急激に起こるように見える。

でも、あの満身創痍の人たちの努力は無駄じゃない。

あの人たちがいたから、そういう世代が生まれた。

道路を作る人がいるから、そこを渡れる。道を均《なら》す人がいるから車が通れる。

そしてまた、やすやすと通過した人たちも、やがてその人たちにとっての壁にぶちあたり、そこを越える努力を始める。

山を崩して道を作る、田畑を切り拓く。

すこしずつ、すこしずつ。ここが終わりじゃない。永遠に続く。

永遠に続くのだから、途中で休みながら行きましょう。

途中を楽しみながら生きましょう。


言葉は、それだけとりだしても無駄だ。

よく言われる言葉、ことわざや、教訓、真理といわれるようなものを1行とりだして、その言葉の表面だけをどんなに考えても、それは何にもならない。

それらの言葉は、たとえていえば花のようなもの。花を咲かせた茎や根っこや光や水があって、存在する。そこまでたどってその場所にその花を咲かせたものを推し量って、自分の中に取り入れなければ、教訓は生きたものにならない。ただの抜け殻だ。生きた教訓を知るには、こちらも生きていなければならない。双方が生きているレベルで感応して、初めて腑に落ちる。

教訓やことわざだけじゃない。私たちがふだん使っている言葉もそうだ。言葉はそれだけが独立して存在しているのではない。その時の状況の上に咲いた花だから。

長い話し言葉の中から、長い文章の中から、ひとつだけを取り出して、「あの人はこう言った」とか、「○○って書いてあったけど」と批判するのは愚かなことだ。その前後のつながりを切ってはいけない。そこに血が通っている場合は。

人の意を汲むとは、そういうことだと思う。


私が本当にいつまでたっても新鮮に驚くことは、人って自分の目線のところまでしか見えない、理解できないんだなってこと。そこから上は、景色と同じで見えないんだ。私も私の目の高さまでの景色しか見えない。

で、私よりも目線の低い人たちに、いくら私から見える景色を説明して、そこには何にもないよとか、あっちにこれがあるよと教えても、聞かない。やはり見えないものは信じられないのだろう。

話を聞いて試そうとする人や、自分の背が自然に伸びるまで待つ人や、早くもっと遠くまで見たいと努力する人もいる。

何度も同じことを注意しても聞かない人はもう放っといていいんだなと思う。その人たちのことまで考えて、食べたがっていないものを無理に口につっこむわけにはいかない。でも、放っといていいならいいけど、中にはなんで放っとくの？　と食ってかかる人がいる。

「おいしいものちょうだいって言ってるのに。持ってるなら食べさせてよ」と、他力本願に甘えてくる人。

「あなたは私がこれがいいよって教えたものを聞きもしないで、まずいって見向きもしないで、自分が好きな甘いものだけをほしがるじゃない。だからよ」と言うと怒る。

　そういう人は、放っとこう。望むままに。自由に。みんな自分の好きなものを食べよう。自分の力で。

そして私は目線を上げる。

そこには、私には見えない遠いところが見える人たちがたくさんいる。どんな景色が見えるのだろう。興味があるけど、見えない。なので、私から唯一見えるその人たちの目の輝きから推し量る。

あの瞳に映る光。あの輝き。

あの輝きは何だろう。

何が見えるのだろう。何を見ているのだろう。

先輩を尊敬し、その瞳に映る輝きに憧れる。

生きる希望をそこからもらう。

キラ　キラ
キラ
キラ
何がみえているのだろう

あとがき

感情を吐露してすっきりしたいと思って、嫌だったことや反省することなどを書いてきましたが、書いてもすっきりするということはなく、読み返すと「私ってなんか暗いな」と思うだけでした（笑）。日常生活の足元はこのようなものです。うつむいていたらそこしか見えない。

前を向こう。

結局、新しい一歩を進めることでしか過去の一歩は遠ざからないのでしょう。ならば、速く進みたい。嫌だったことがとってもとっても小さくなるほど速く。風が入ると、もやもやした気分も飛んでいく。

日々、いろいろなことが起こりながら、みんな生きている。

見えない仲間がまわりにいるような気持ちで、明日もがんばろう。

私《わたし》だったらこう考《かんが》える

銀色夏生《ぎんいろなつを》

平成24年4月15日　初版発行

発行人――石原正康
編集人――永島賞二
発行所――株式会社幻冬舎
〒151-0051東京都渋谷区千駄ヶ谷4-9-7
電話　03(5411)6222(営業)
　　　03(5411)6211(編集)
振替00120-8-767643
印刷・製本―図書印刷株式会社
装丁者――高橋雅之

万一、落丁乱丁のある場合は送料小社負担でお取替致します。小社宛にお送り下さい。
定価はカバーに表示してあります。
Printed in Japan © Natsuo Giniro 2012

幻冬舎文庫

ISBN978-4-344-41842-4　C0195　き-3-14